詩集

生活を傷つける

北村岳人

幻戯書房

少数の読者へ

処女詩集『逆立』のなかの「世界でもっとも貧しい者になれ！」という咆哮に押されながら生活へ埋没し、ときに拒絶者として、ときに敗北者として無為のひとびとのまえにあらわれ、ここまで歩んで来た。わたしにとって他人は迫害的な厳しさで取り交わされ、自意識の危機は意志体としてわたしを歩ませはしなかったし、また敗北は自己慰安へ沈んでゆくだけで生活の外へ抜け出そうともしなかった。わたしのどこにも確かな手応えなどないのではないか、と耐えるというマゾヒズムが生活の安定した停滞の底でうなっているのをじしんへの幻滅した涙で聴くほかなかった。現在を含み続けて戦後現代詩史脈が〈戦争〉と離ればなれになってゆく過程を詩人の臨終の延命のそれとするならば、自己に対して空をかくような業の肉付きはひどく痩せ細っており、薄目も閉じられて白い布に覆われている。また物語にされる自己への否定や言葉の定住をやめて船に乗るような懸命な態度も戦後現代詩の裾野へ消えてゆかざるをえなかったと認めざるを得ない。わたしが詩人としてその過程へいかなる影響をもっているか、あるいはなにものももたないか、それは親しい読者がそれぞれに判定してくれるのにちがいないが、書くことの傍にはいつもその詩史脈が失っていったものが佇んでいたことはたしかである。耐えるというマゾヒズムが沈んでいる安定した生活が守られなくてはならないということへ詩的な理由など必要ないと感じることは詩人として失格であろうか。無為のひとびとの停滞。そのためにもわたしはほとんど地獄という実質に近い生活というもののなかの偉大さから絶えず書いた。それもわたし自身へ向かうことの普遍性のほかにはなにもももたなかった。

＊

この詩集は『わたしという異邦へ』以後三年間を構成して成り立っている。またこの三年間に耐えることのできた作品は十代や二十代前半で書かれたものへまでさかのぼってくわえた。わたしはほかのひとと比べて人生的な階梯の進みが五年遅れていると思っていて、仕事などの動かしづらい社会的な運びのようなものもあれば、精神など飛躍したり退行したりしやすいものもあり、すれ違う同い年のだれかはもうすでに通りすぎていった路なのかとかんがえると遅延の意識はあこがれの色で染まってしまいそうになる。だが社会へ出ることへの五年の遅延や青年期へ入ることへの五年の遅延が詩に及ぼす影響を読者の視線からかんがえるという苛烈な課題が発生したことはわたしにとってひとつの成功であるかもしれない。詩群のあとに資料としてつけたいくつかの散文が過去を追って書かれている理由もそこへもとめられる。わたしはまだ痩せ細った肉付きを信じているのだ。

＊

父と母。花歩。わたしを赦してくれてありがとう。
存在のほかになにもいうことはない。

＊

親愛なる少数の読者たち。わたしはどれだけみんなを赦せたであろうか。

もし赦し果てられてしまったと感じたならそこへみた光景をしずかに胸のなかへしまってくれたのならそれ以上にうれしいことはない。

＊

幻戯書房の田尻勉さんへ。
行きどころのないわたしを受け入れて頂きほんとうにありがとうございます。

目次

IV 望-愚俗

資料

装丁　写真　北村岳人

詩集　生活を傷つける

じぶん自身へ

0　旧現在

〈晩年〉へ

一

わたしは〈晩年〉の臭いを終え、青年が身の潔白を告白したざわつきの皺が熱帯夜からの汗に馴染む睡りからかんがえる。まだあたりは四時を過ぎたばかりで薄暗く、一羽の鳥が自然によって無理やり起こされて呻く声がかすかにきこえる程度だった。鳥は昨日も呻いたがその因習を忘れてしまう。そうすれば断眠はいく人かの小学生の声を引きつけて来てはそれらを車や列車の音ですり潰してみせる。男の子を追いかける女の子たちの無邪気や数人でゆっくりと歩幅をあわせる高学年生の贋大人、もしくは背中を摑まれた新学年の退歩して進むため息……。列車にはぎっしりと窒息が詰めこまれ、急ぐわけでもなく、子どもの声を轢き殺してゆく。乗用車の窓のなかには苛立った大人の横顔が腰かけてあり、角を曲がるたびにだれかに不安を圧しつける。鳥の呻きが遠い。そしてまた懐かしく思われるとわたしは子どもを無事に送り届けた母の顔を想像する以外に時間の必然性への絶望を先送りにする方法をいまだ知らない。少年が疲労し終えた青年の少し背後に立ち、呪い、あるいは最期のことばを口にする。雑木林は一瞬の枯果を経験し、風の墜落が土に穴をあけるのがわかった。支え合うわけでもなくまとめられたそれぞれの雑木は皮膚病に侵されていて凹凸や膿、腐敗に悩み、青年とおなじ表情をしている。患部をなでる青年の手は汚れしまう。その不潔な手を垂れて佇んでいる。身体は汚物だ。青年は安堵のなかで少年に背後から殺される。振り向くこともなく正面へ倒れ、落ちた風が避けて流れたことにもはや傷つきもしない。青年は死にゆく意識のなかでひとりではないことを恨み、振り返って少年を白い眼で睨みたく思った。腕にちからを入れたところで一本の雑木の根が腹部を圧迫したことに気を取られた。少年は青年の死体をながめるほかにすることはなにもない。

母は離婚を――

子どもは自殺を――

ひとしりきり幼い声を轢き殺した横断歩道に立つ母は子を失う時間を幸福と受け入れることと絶望として受けいれることとに心を切断する。泪へ審判することもできないじぶんへの泪を知らないことが幸福を絶望で肥やさねばならない時間の焦燥に押しつぶされてほほえむ。母の残酷は子どもへのやさしさと交換される。泪が道路へ投げられる。殺戮へ転がってゆく音のなかには幼少の音があってじぶんの母親が生まなましくわらっている。そうした一切を見知った男の乗った車が轢き殺す。閉経。母に幸福と絶望の近似値があるとすれば、それはだれも触れることのできない孤立したかなしみであり、子どもの首を絞める光景と夫と眠りにつく光景とがやわらかく重なっていって家族がひかり輝いてしずかになる。家族の死骸よりも深いかなしみがじぶんに沈んでいるのだ。母は子どもの帰りを逃げ水のなかで待っている。

少年は青年の死体の先にある一本の剝げた道に泪をうかべる。
母親は子どもを背中から覆いかくし、耳もとでなにかをつぶやく。

わたしは大人になってしまったのかと白い天井へなげかけると落ちてくるものはなにもない。睡りと睡りをまたぐ時間の幼さのなかに大人を問うことができるのならば、わたしはそのなかに成熟のこたえをつかまえることができたかもしれない。鳥が晴れ間を飛び。子どもの声が町から消える。「わたしたちは呪われているの」と。母親のつぶやきの意味を青年へ預けてしまったわたしは母親がわたしとともに死んでくれる存在であることをただ照りあがった現実であるとしか思えない。幸福な家族。もうわたしには母親が子どもとともに死ぬことによって、子どもだけがほんとうに死んでしまうという意味に抵抗する果敢さをもちあわせてはいないのだ。むしろ母親がじぶん自身のために死のうとしていることへ抵抗するだけである。大人はじっくりと母親のほうから落ちて来た。わたしはこの余裕から次いで巣のなかで一羽の鳥が呻くのをもうろうと見つめるかたわらの鳥の顔を想像する。ひとりで行き、帰ってこなければならない子どもの顔を想像することができる。

鳥は復讐を――

子どもは自殺を――

それぞれが朝を迎えるらしい。わたしは同情を焦り過ぎたのだった。

かたわらの鳥よ。

二

生活はすっかり肥えてしまった。朝起きては働きに出かけ、帰ってきては眠りにつくという日々の重複へ安定や揺らぎをもよおすように二人分生きるということが加わった。このでっぷりとした生活を幸福と呼ばずになんといおう。日々の重複は厚みをおびてゆき、恋愛はあちこちへ散らばった異常を愛するというひとつだけのものへまとめあげてくれる。この幸福のためにわたしは社会と恋人とに食い尽くされてもかまわないとさえ思う。

——(どうにかなる。)

わたしは足跡に過去を遍歴しては、青年期の男女が別れにつきまとわれていることを思い出した。どちらの言い分も感情もわからずにただうしろから追ってくる別れによって関係を失墜させる。男も女も別れることを知らず知らずのうちに招き寄せては、加害の所在を関係の片端へおく。ひっくり返る男も女も喪失に導かれて過去を彫塑するだけ、怒りは出力を失って萎れてしまう。青年は死からはじめることを知ることができなかったのだ。二人分生きることの幸福はわたしに死をみせる。わたしは死から生活をはじめることしかできない。関係というものは持続のようにみえて、ほんとうは死をむかえているのである。いまわたしがだれかを愛するということは死から関係をはじめることなのだ。二人分の生活に引き裂かれて過去の重層を閉じる。〈詩人〉の死も例外ではなかった。

〈詩人とはなにか？　とわたしは生活の幸福のなかでかんがえる　するとたちまち生活が地獄へと変わり果てる　生活は詩人の胸ぐらをつかみわたしを壁にして叩きつける　その音があまりにもかなしいので　詩人とはなにか？　とかんがえる地獄のなかで詩人はあらゆる迫害を受けつけて耐えている　わたしは生活へ座礁した詩人として　詩人とはなにか？　とかんがえる〉

わたしに詩人の原体験があったとすれば、はっきりと解釈できる範囲では見知らぬ女性の自死だけだった。この死をきっかけにわたしは書かねばならなくなった。紫陽花のひろがる雨季の湿度のなかで女性は白い縄を首へ巻きつけ垂れさがっていた。そして置かれた履き物のうえに茶色い靴下が脱力してあって空いた穴からはまだ死んでいない皮膚がわたしの怯えを窺っていた。わたしは直後に詩を書かねばならなかった。それもはじめて他人に対して書かねばならなかった。他人の死における美と滲み出た生活力がわたしの感受性と思想の背中を押してしまったのである。「わたしが自死を発見してしまったことが彼女にとって不幸ではなかったか。」　感受性と思想はわたしの生の彼方に閉ざされたといっていい。わたしは生きねばならず、書かねばならないという必然性をあたえられてしまった。いや、厳密に書こう。どの詩人にも書くことの必然性は用意されている。それは親にあたえられたことを根底にして、世の中に出ていろいろと羽根をつけられるといった具合に必然性を発見してゆく。必然性は〈芸術〉に出たのであって、方法は無数に存在しており、なんらかの要因や表出の具合によって書くことが選ばれたにすぎない。しかし詩人は現在の情況に応じて書くことさえ必然性に引き寄せねばならない。現在は詩人などを信用するはずもなく、それぞれが文化産物に下落しないように〈逆立〉するほかない。それであるのに詩人はいつも現在だと信じてやまない。その実存性が書くこととして固定されている。わたしの場合は親とじぶんとのあいだにできあがっている双方の不随の過失に対して女性の自死がわたしの自意識を通して少しの復讐を果たしたのだと思う。双方の不随にはそれぞれが半分ずつ過失を引き受ける必要がある。そうして子どもは半分を少しだけ過料して復讐しなくてはならない。わたしはそれを女性の自死に仮託したことで、書くことを必然づけられたのである。つまりそこからがわたしの〈晩年〉なのだ。過料はじぶんを喰らう。だからといってわたしに〈倫理〉があるなどと思ってはならない。悪までも死んだ女性は起源などではまったくないからだ。また詩人の財宝などでもない、ただ無意識の化生としてわたしをとらえて来たのである。

少年は青年を殺したことを罪とも思わない。必要から青年は殺されるのであって、罪とすることは無意味である。青年は殺されてはじめてどうにもならない時間の必然的世界へ手をかけ、不可避への一歩に絶望する。振り返ると少年はもう遠くへ消えてしまっており、雑木林の皮膚病が風に煽られて鈍い音をきかせるだけだ。まだじぶんの皮膚や肉づきに観念は差し迫っていない。青年はここでほんとうにひとりになってしまう。そうして雑木林を焼きはらう過剰さを意識する。〈晩年〉は焼け落ちて渇ききってしまった雑木林を通り抜けて来た風のにおいがする。青年は奇妙なほど落ち着いている。

死の歌をうたおう
だれの死でもない死だけの歌を
わたしの〈晩年〉が知り過ぎていることを
口ずさんで歩こう

青年の傷口に夏の暑さが沁みた。わたしは自死した女性の生存を願えるが、だれかのするように人は万人の不幸も平和も願えない。恋人に死の影を背負わせるやさしさがわたしの〈晩年〉から来ると知らされるには、恋人のもつやさしさがどこかで闇に喰われていることに気がつくひつようがあった。お互いのやさしさの死を抱きあったときに二人分の生はずっしりと重くなり、時間をながくする。自死した女性は死んでしまった。恋人はおだやかにわたしの傍らに眠っている。

一歩目は希望

二歩目は絶望　三歩目は幸福

足跡は光と影を逃さないようにして放さない。三歩目は地獄。

――（どうにもならないと知っている。）

恋人は無意識に螺旋を知っていた。螺旋は晴天から暗黙へ通っていた。また暗黙から晴天へも通っていた。その落差は人間のこころを砕いたり整えたりしては、なみだを要求し、涸れさせた。ところが恋人はなみだを涸らせたあとにこころまでもそうしてしまっていた。それでいてはっきりとした意識で螺旋を上下することができた。わたしを病人だという者よ。わたしがこの螺旋へなみだからこころまで投げうってしまっていることをどう侮蔑する。恋人の螺旋のなかでわたしは一方的に粉々にされ整形し直される。何度でも。恋人はわたしの破片を手にして刃物とする。わたしはその刃物で滅多刺しにされる用意があるではないか。そのためにやさしさは死の影を背負わせたのだ。

三

地獄と生活の飽食にわたしはどういう主題をあたえよう。わたしが〈詩人〉でないならば、わたしはここにいないのではないか。書かれたことがわたしを焦らせるのではない。生活に慣習しながらもそこから弾き出される不安がわたしを焦らせるのである。

〈わたしこそが生活の苛烈な批判者である〉

夏の町に往来者がだれひとりいなくなってしまった。かれらが話していた内容も燃焼され、地上とあの呪われた青空とを取り持つ気体のなかへ消え失せていった。わたしにはその青白い光景を懐古する抒情がない。消したのはわたしであり、消えたのは大衆だ。いつの日か、土砂降りのなかを一羽の鳥が飛んでゆくのをみた。鳥はひとびとの蒸発がちょうど大気へ混ざり合う線分を沿っていた。雨はひとつも脅威ではなかった。あの鳥は暗くひしめいた大気のなかでないと飛んでゆけないのだとも思った。雨は破局でもなかった。

呪いは地上から見あげるだけでいいのではないか。

わたしも呪われているのであれば、空へ溶かすひつようもないのではないか。

おまえたちはどうして消え失せてしまったのだ。

わたしのために青白い喪失が夏の地上を涸らす。あの鳥が向かう先にわたしの過去があるのにちがいない。〈詩人〉の矛盾にわたしが耐えていられるのは鳥が冷徹な壁にぶつかって死んでしまったから。大衆の復権。鳥はもう白骨化した。

友人はなにも言わない。しかし、一度鳥の死骸を認めた悲惨な人物だったろう。過去を過去へ忘れることができる友人に現在しかない。かたわらの鳥は帰りを呼びはせずに、巣にくるまっているではないか。

わたしの帰路をさがしてくれ
矛盾にたえることのできる冷徹な壁をこわしてくれ
もしできることならば
わたしは鳥の腐敗へつきあいたかった
剝げてゆく痩身に生まなましい臭いをあたえたかった

嗚咽のなかにはいつだってさみしさがある
おまえは引き止めない
おまえの役目はわたしを引き止めないことだった

わたしは〈晩年〉から友人をみつめる。友人も夏の町を歩かなくなった。生活に溺れながら〈詩人〉が息していることをわたしはみつめる。少年は知る由もない。友人の数は少なかった。かれらはよくわたしを見失った。わたしが要求するものはいつも裏切らないことであった。この呪縛はかれらを少年のままにとどめた。友人たちは幸せであるのにちがいない。悲劇を意識にとめもせずに、苦しいときは苦しみ、楽しいときは楽しみ、そのほかはなにかしら生活の緩急のなかで食卓と睡眠を愛する。わたしはかれらの悲劇ばかりを受感してしまい、かれらの幸せを認めることができなかった。悲劇はだいたいがじぶんにとって理解されないところで他人に知られていることがおおい。意識へあがったところはただ他人に知られたその部分であるにすぎない。わたしが裏切らないことを要求することはいっさいかれらの他人に知られた部分に結びついてはいなかった。そんなところからわたしへ裏切りがやって来てもおそろしくなかった。わたしがほんとうにおそろしく思っていた裏切りは、友人のこころの奥にあった。つまり他人を裏切ることをわたしについて執行できないという呪縛へかれらが手をかけることにあった。この悲劇がわたしには見え透いていたのだった。友人たちを夏の町へ歩ませなくなったこともわたしの責任なのだと気がついたとしてももう〈晩年〉にわたしはあった。少年たちはほかの少年たちと肩を組んで遊んでいる。わたしはそれを幸せだとは思わない。殺されるべくしてそうされたわたしに少年たちの遊びは痛ましいのにちがいない。町へはいつも遅延なのだとわかりはじめた。老いた少年たちは醜い。

子どものようにも。青年のようにも。

死を知らない。

この宙ぶらりんな意識がじぶんを殺し損ねた結末なのか。

少年の悲劇は過剰知と無知との間の子にある。かれらは生い立ちを知りすぎていて、それに手をかける方法もこころの余裕も持ちあわせていない。果敢は生の方向性から未来へ向けられるために、青年は少年の鬱屈のぜんぶを受け付けなくてはならない。青年の殺害される理由がそこにある。それでいて少年は茫然とするのであり、未来の死殻をまえに置いてかすかな発見をするだけであるのだ。

わたしを知る老いた少年たちよ。

これは侮辱ではない。
おまえたちしか町を闊歩できる者はいない。
おまえたちはなにものの手先にもなるな。
わたしが裏切ることをおぼえよう。

四

〈鬱〉とはどういう姿で部屋の外からこちらを覗いているのだろうか。薄暗い大気の羽織りものをまとっているだろうか。わたしは複数の角をまがり複数の静寂を受感してきた。そのどれもが漠然と座り込み刃物を手にしていた。わたしは〈鬱〉そのものではないからかれらの部屋を覗いたり、入っていって刃物を強く握らせるような真似はできなかった。ただ静寂を通過してはそのなかに混じる金属の臭いをじぶんの体臭へ重ねるだけであった。わたしも部屋へ帰り過ぎゆく同時代の邂逅と乖離とを角へ感じ、全世界的な快復を祈ってしまっていた。〈鬱〉はかなしい姿で立ちはしない。わたしは一度だけ部屋の外に立つ〈鬱〉を見たことがある。かんがえることと生きることを取りちがえたり、生活の脱落と死ぬことをそうしたりして、深く黙り込んでいた。

どこかに可否の定かでない光源が隠されており、じぶんは世界に異質な存在であることが漏れ出てしまうことにおそれ、こころを刃物で刺しとどめていた。しかし、果敢というものは自意識の過剰に歯止めをかけられずにかならず溢れだした。〈鬱〉はとうとうじぶんを刺しとどめるすべを忍耐することができずに、わたしに肥大と矮小とを差し出させた。それをじっとりと見くらべては、「おまえが世界を荒廃させることも、おまえがじぶんをそうすることも、おまえが〈逆立〉するところにかわりはない」と繰りかえした。わたしにはどうしても世界の転覆を想像することができなかったし、それが殺戮によって実現するとも思えなかった。ただただ快復を祈った。そのかわりにわたしの死はそれらの残虐性と対等な価値をもっていると思っていた。〈鬱〉は最後のことばもなしにどこかへ消えてしまった。するとわたしはいつだって坂の上に立ち、それを降らねばならなくなった。降る経過は破壊そのものであった。肥大が矮小を喰らい、それを疲労した意識がどこまでも喰い尽くさないように適度な死をえらんだ。わたしは〈鬱〉の亡覗の不在によって、じぶんのこころの均衡を錯乱させていた。病にはおぞましいほどの居心地がつきまとっていた。死というものが不意におとずれることがあるならば、それははっきりとした意識が疲労を誤解してやすらぐときなのかもしれない。わたしは少しずつ死を選び、自尊心や卑下といった性質がじぶんのなかでその差別を貧相なものにくずされることによってこころの骨格が変形していった。
坂を降りきるとかならずそこには雑沓があった。雑沓はわたしを識知することはなかった。均衡を失ったわたしにとってそこはただ美しいほかなかった。
ひとびとが去ってゆく
建造物から出てはまた建造物へ去ってゆく
かれらはなにをかんがえてまた晨もこの路を去ってゆくだろうか
働くこととじぶんの時間へもどるちょうどのところは
夜と呼ばれている
疲労と食欲はかれらを眠りへ向かわせる
（あこがれるわたしは失格してしまっている）
かれらが進む闇には朝があり
かれらが進む朝には闇がある
わたしには闇を朝ととり違う歓楽もなければ
朝を闇としてむかえる生活力もなかったではないか
雑沓の美の悲劇はわたしの自演で膨れあがる

疲労で湿った世界へ
わたしは赦される手立てをもとめている

帰路がわたしを雑沓のなかにあって美しく錯覚させるためには、こころの空虚が必要であったらしい。それでいて弱った性質の数々は立ちあがる。わたしは虚しくなったのだ。絶対の敗北。帰路はなにをかんがえているのだろうか。部屋はかわらずにわたしの体臭を腐らせて、拒絶もなしに狭く汚れていた。しかし、一度たりともその部屋のなかへ刃物を握りしめたわたしの似像を浮かびあがらせることはなかった。わたしは〈鬱〉ではないのだ。
ちいさな踏切を赤く染める信号に夕暮れがかぶさった頃合いを思い出す。わたしの過去は死に場所を探していたのではなく、ただ死を探していたのだった。〈鬱〉のがわへ立ったひとは死に場所をみている。立ってはならない場所に立っている。わたしはちがった。わたしの歩みは死というものの特定のためにあった。あこがれのなかへ復帰するためにあった。

五

わたしはある妄想を手放すことができずに雑沓を通過する。妄想は厚塗りされてゆき確信へ変わり果ててしまうことがある。確信は妄想よりもおそろしく、じぶんの身動きをきつく縛ってしまう。

〈わたしは人類の底辺に接している〉

妄想はじぶんの資質の反語としてせりあがり、倫理の根源で和解した。確信は反語を資質化しようと倫理を屈曲させていった。町の足萎者たちの影はすっかり安定して、わたしがはいる隙間がない。わたしの幸福な生活がかれらの影を着色してしまっているのだろうか。〈詩〉の最終課題のようなものが、不可解に造形された大衆のなごりへ危機を乗せる。わたしは鳥や子供、母親がいなくなってしまったあとで直接受けつけなくてはならない生活というものを知った。

思い出せ!　じぶんの不安をことさらに掻き立てる陽の光を
おまえがあいさつをする人間のだれひとりいなくなった朝を
起源はあったりなかったりする

しかしおまえがすれ違った決定的な地点は起源にあたいする
その修正に詩を生活へ引き込んでゆくのならば
おまえは徹底的にやりこめてしまわねばならないのではないか
思い出すものは起源だ　不安と不在とに埋もれたおまえだ

どれだけ反芻をくりかえしてもわたしの幸福をさまたげることはできない。貧困に生活を空けわたしても不感なひとびと、やさしさの測量をすべて終えてしまったひとびと、わたしはかれらに視られている。わたしもゆっくりとその視野へはいってゆく。そしてわたしは大衆を通過してしまえる。この根なしの余裕を憎いとも恥ずかしいとも思うことができない。母親はどこまで知ることができるだろうか。恋人はどこまで知ることができるだろうか。妄想や確信がわたしの資質から倫理までを噛みほぐしてしまったことによる弊害を。やさしさから垂れさがった人間――。その孤独。

涸れたなみだのあとにやって来る風の
成熟した臭いが
雑沓から青年を区別する
足早に大人の影はたおれて地面を冷やす
わたしは知らぬ間に仕分けられた青年の後ろ姿に

光のかげりをみとめる
溜まった影に滴り
青年は身をふるわせている
わたしは落ち着いて背景になっていられる
わたしの背中にだれの視線もない

六

〈悪〉はわたしのとなりで囁いた「おまえなど悪人に満たない　おまえなどに死はまだ来ない」　死神ではなかった

わたしの睡りは鉤爪を剝き出しにして思い出に食い込んでゆく。疲労と食欲は生活へ目的地を見込めずに足並みをおかしくする。生活から逃げるように絶望と幸福を結果する睡りへはいる。過去は記憶の奥からやって来て、現在へ複数の感情を強制した。どこから来たのかも特定できない過去は現在を取り乱してはふたたび記憶の黄泉へもどってしまう。〈悪〉のもつやさしさはわたしにとって寒気なのだ。そのやさしさはじぶんの気づかないわがままな過去の英雄を羞恥として引き連れてくる。

母の声が〈悪〉の際限のない宿世としてわたしへ響いて来る。性悪という既知の自然性にわたしの脱落した生活が寝そべっている。睡りに抵抗があるとすれば、それは逃避と耐久の往来であって、耐久はいつでもじぶんを含めただれかの声で揺さぶられてしまうために結局は逃避しか残らない。わたしがもっともおそれて、そしてもっともいやされている睡りのなかの声が思い出を引き裂いてゆく。封をしておくべきものは破かれて、記憶に起こされる必要のないものが流出する。「だれかのためのやさしさが、じぶんのまえで死滅する光景」のどこにわたしが加担したのか！　いつだってわたしは強いられて息をするために流出したものの根拠をじぶんへ合致させねばならない。だがそれは〈悪〉のなかでは叶わないものだ。それでいてわたしはそこから意識を発育させる努力も欠落させる。睡りにあるもっとも非道な世界ではだれかのやさしさは現実的に死んでもかまわない。

裏切り

の

裏切り

の

裏切り……

ではは手元にのこっているやさしさはなにか
青年（第二期——青春のやり直しと復讐、そして自己の決定的な敗北）の影は他人に喰いつくされて、映るにたえない。わたしが唸っているのがわかる。

〈生活の実質とは？〉

生の肌触りでもない。死の観念でもない。
〈悪〉のもつやさしさにさえ含有される倫理。その先へゆこうとするとあらゆる関係が綻びだれもいなくなる。敗北の裏付けとなるものはわたしが関係の絶えたところでも立っているだれかがいると思ってちがわないことだ。〈生活の実質〉は向こうからはやって来ない。わたしがはいってゆかねばならない場所だ。そうしてわたしは〈詩〉に満たない。

わたしは小学生の往来の去った朝と
大人たちが帰宅し終えた夜を重ねあわせたところに立って
ながく唸りを低くする
町をかくす呪詛に青空を妄想して
子供も大人もみな幸福になればよいと泪を涸らす

そのときにわたしが忘れていることはそれぞれの幸福に下敷きにされた
他人への憎しみの実感であり
わたしの受けつけてきた侮蔑である

（そしてこの侮蔑を解剖すべきでない理由は
だれもが生活の際限なき憎しみに入り込ん
でゆかないためであり、じぶんがつくりあ
げた過剰な像へ肉付けしないためであり、
他人はじぶんをなにひとつ必要としていな
いことを失念しないためである。侮蔑を裂
いたとしても錯誤が襲うだけだ。じぶんが
つくった過剰な像をまた過信することに生
活が浮き出てくる。）

やさしさとやさしさの死
境のみえない他人の上空をゆく鳥類
時間を置くたびに〈生活の実質〉が遠退いてゆく段階をすすんでゆくわたしは光のさ
すことのない暗い生活へ埋没してゆく過程を受感する。

あこがれの終わりから

＊

イシカワ――
　タクボク――
やっとたどり着いた
皮膚上の汗粒にあざ黒い空を写して
鳥も飛ばない
虫も鳴かない
暑い陽の破壊のなかを
過去のほうへ進み　東京の荒廃や回復を
はっきりとした意識で識別した

＊
都市の解体はおわり　だれも
自然と取り替える感受性を示さなかった
正確にいえば
自然と都市とをあらためて別様に受感する必要を示さなかった
散ってしまったわけでもなく
だれものうちで塑像されおえた
イメージはもうやって来ないのか
われわれがビルディングの最頂から落下すれば
足元には血の海溝ではなく
汚水や豪雨の空洞がどこまでも横たわる
螺旋はこころへ消えた
＊
少女の探索はもうこころみられない
なみだが涸れて以降
歓楽街へ溶けた若い女たちの傷は

解体され終えて不可視の武器になった
また街の角でなみだをながす人影も
だれだってひとりで都市に繰りだせる
少女はいない
あの手握ってくれた少女はもういない
わたしたちがゆくえをみせてやることもできない
傷もゆくところまで
到着してしまえば
不清潔や性交を離脱するように
からだを突きはなすように
清涼な瞳を偽造によって不感をえる
不可視な武器はだれかを殺傷しているのか
少女を棄てたこととおなじく
いまよりも先の時間を
(女による無差別)

＊

わたしはあてどなく
「一緒に死んでくれる」ことと
「死んでからはじめてみる」ことを
因果なしに叫んだ
もはやどこからはじめようが構わなかった
ところが時間は順当に作用した
やさしさだけがわたしをともにする
　きみだけだ
いまより先の時間を失ってなお
かたわらにいる　きみだけだ
きみはもう少女ではない
はっきりとわたしと取り結んだ関係により死んでしまっている
＊
東京――過去――
にわかに砂埃のまじった酸素を肺へいれる
イシカワや

タクボクの遺骸を家屋の裏に認めながら
他人が多い　窶れた顔ではない
幸福に肥えた生活者の顔を
正面に受け止めながら
自然が殺されはじめてまもない道程を〈海〉のほうへむかう

＊

逃亡先を慰安の場所だとしたことが、かえってじぶんを逼迫してくることがある
〈海〉へ逃れれば、〈壁なる影〉となって堕ちてくる　じぶんを責めているのか、それともじぶんに誤解を招き込んでしまっているのか　他人に知られることから逃れた場所が自然なのか
――まぼろし
――生
――光
他人の声を遠くへ押し退けて
そのなかへじぶんを浮かびあがらせる
　わたしはどうにかして私訳してしまわねば

人間の惨さに耐えられない
静寂！――夜風の湿度がわたしをまぼろしへ誘う　抒情が夜を萎えさせる　時間への
ちからなき抵抗か　影が荒れくるっている　支柱なく荒れくるっている　それだのに
どうしてわたしに〈光〉がある　この〈光〉によって影はより深くなる
夜が終わると影が消えずに生きている　栄華と黄金のまばゆき土の値や幾何……

＊

こころへ頼ることのできるものが
忠告する
自然に佇み世の終滅を思うな　と
　他人がだれもいない
　夜が喪のようにかぶさり（死がわたしを呼んでいる）
雑沓の音が退いて
わたしを独りにする東京を
自然と取りちがえる夜
わたしの感受性は古びてしまっている
まぼろしも生も光も

すべて放ってしまったあとにこころへ頼ることのできるものが
裏切りをおそれてわたしをみつめている

＊

〈海〉は記憶することになる
夏と無差別とを死の懐かしさとして
わたしは立ち終えた建築へ
なにも合致させることができないかわりに
あだかも〈海〉というものの悲劇を体験したかのように
空想する
この誤謬の親しさが〈壁なる影〉を刻印する手続きへ参加するのであれば
おろかさは血脈のようにわたしを蝕んでいるだろう
自然に沁みついたことで
わたしを誤らせるのだ　近く　親しく

＊

ある晴れた東京――過去――ひとりの男が歩いている　それもほほえみながら街路樹の枯葉のなかを歩いている　男は「幸福」をかんがえている　これからの希望のなか

に不安を感じながら、現在の「幸福」のゆくえをじぶんの生活苦のなかに見つめてい
る
そして男は通りすぎてゆくひとびとへ「幸福」を落とされた
〈時代の弱点を共有しているという事は、
如何なる場合の如何なる意味に於ても、
且つ如何なる人に取っても決して名誉ではない。〉
舗装路へ風がながれて角を曲がっていった
こころへ頼ることで他人を失うことは異常ではない
青年よ
閉塞のなかで呼吸することに「幸福」をおぼえよ
わたしたち青年よ
「幸福」という生活のなかに拒絶をおぼえよ
苦痛などないとおもうな
死んだひとがどこへゆくかもわからない東京で
土葬されようなどとおもうな

＊

回想――少年のための私訳――……
（なまえを知らない路傍の草花よ　秋風に吹かれ
て散っている　中学校の蔭に隠れて　憎まれた
わたしが　泪をぬぐわずに見つめた草花よ　あ
の教師たちはいまどうなっているだろう　また
秋風が吹いて　草花が散ってゆく）

わたしの憎しみもどうなった
東京から逃れられないことは厭悪・不満・惨苦を
腐敗・荒廃・死へ
仮託させたことにあるのだろうか
つまりこの世界のどこへいっても
低落した場所は東京のほかにはない
そして東京こそがいくらでも敗北したものを匿う蔭のように
無雑にひとを歩ませる（骨泣く寂滅の死の都――過去――）
＊
わたしは味方ではないといえば
思想は単身者のものになる

きみがいなくては　わたしは少女たちの老いた背中を撫でてやれない
そしてわたしが味方でないために
きみを拒絶するところまでゆくことができれば
背景にはわたしの死が拡がり
きみは孤独と関係のあいだを螺旋して自由になる
つまりその時、わたしはいない　生活のあとだからだ

＊

男はひどく弱った
東京に棄てられるイシカワやタクボクの骨に栄養がたりていない
都市はしつぼうして
いつも過疎地を残す
そこは不定者の帰る土地で若い女も混ざっている
　これ以上なにを破壊すればよいか
病弱な身体が窓へ写り
青空を蝕んだ
これ以上なにを解体すればよいのか

脆弱な生活が窓へ写り
　青空を灰にかえた
わたしの不安をことさらに掻き立てるものは
父や母であったりする
この無意識へゆっくりと沈んでゆくことに和解して以来のことが
現在と呼ばれているにすぎない

＊

貧困をおしえてくれ！
雑沓とビルディングのにぎわいの値は
往来と土埃のきつおんの値の結末だ
東京の貧しさの輪郭はどこにある
ほんとうに飢えひしがれた者たちはどこへいった
わたしの豊かさはなんだ
わたしたちに告知する風も吹かないではないか！
仮に
風が吹いたとしても　わたしたちは

それを病気だとしかみとめない

＊

寂寞はある
きみが夜遅くそれも午前四時を少しすぎたとき
そこに東京と転倒したきみの不安と孤独がある
きみはいつまでも帰れないことを願い
きみはいつまでも帰れないことを怯える
もう寂寞をだれもを圧するためのものとして命令するひとはいない
きみは肌寒いその時刻をひとりで帰宅する

＊

わたしたちは東京の土のにおいに混じった疲労感にささいな手記をみつける
それも自覚や意識といったことばにささえられて
わすれられた轍を暗く思い出すようにして手記をみつける

〈……私に結婚と無産の責任がのしかかったのです。詩はこれらの責任を果たすためにおおきなちからを与えませんでした。

……生活の卑怯です。若いころは詩へのあこがれが生活もじぶんも追い越していて、詩だけがあればいいとさえ思っておりました。いまは自嘲です。食のためにいろいろと場所を変え手を変えしているうちに詩から離れてしまいました。
……私には詩のない生活が幸福に思えるのです。苦しければそれだけ、嫌になればそれだけ、不満になればそれだけ、それだけいい詩が書けるのです。生活はひとをまともにしてしまうものなのかもしれません。ほんとうはだれも詩など書かないほうがいいのに決まっています。
……どうやらこのことは生活の困難だけではなく、精神の困難にも原因があったのかもしれません。気がつくと下宿の一室で友人の剃刀を胸にあてたりなどしています。自分など自殺のできる人間ではありません。そんな演技を数日重ねると再び責任がのしかかって来るのです。生活の幸福から詩が忘れられ、生活の困窮から詩が忘れられ、再び戻って来たときには底に落ちたものだけが詩として成り立っているものです。ああ、「食ふべき詩」ならば……。
……あこがれはいつのまにか生活のほうへむかっておりました。そこに幸福をみています。だけれども……〉
東京が失ったものがあったか
あるいはわたしたちが失ったと思い込んできたものがあったか

過去がわたしたちを未だに触りつづけている

＊

イシカワの死の臭い
タクボクの死の臭いをそれぞれ
嗅ぎだしたことのある
老い、去ったひとびと——わたしはそれを的確に区別する
つまり「あこがれ」の転位を敏感にとらえたひとびと
衰退してよい意志と
停滞し続ける意志
宿命があるとすればひとびとは意志の起伏のなかで停滞し続けるものを
なぞってゆくほかない
（わたしははじめから「あこがれ」以降だったのだ）
（野心というものや承認というものを持ちあわせることができなかった）
なぞらない！　と提出できたならば
ひとびとには宿命のきめられた本願を生きる必要はなかったはずだ

＊

わたしたちは若い女たちのと躊躇なくいうことができる
少女たちのとはもういうことができないために
若い女たちはわたしたちを助けてくれる存在ではなくなった
そのためにわたしは若い女たちを診断しなくてはならない
東京の結末を保留して
わたしは彼女らへ診断結果をわたす
「欠如——その根深き関係の喪失」
わたしは信じられる必要を感じないために
彼女らが死滅せざるをえないなぞりをすすむことへ
なにも告げることができない
またわたしは彼女らへ拒否状を貼ることで
若い女たちはそのまま死んでゆく
　苦しいはず
　痛いはず
　でも知らないはず
もし彼女らがいずれ母親を殺すときにわたしを迎え入れてくれるのであれば

かすかに少女ということばが感触をおびるかもしれない
＊
わたしは独りでゆかなければならない　そこへきみもくわわる
＊
裏切るということも廃れてしまった
わたしがだれかを信じすぎるためにだれかが裏切られるという真理ではなく
ただ漠然と裏切るということは廃れた
きみを裏切ることはできるが
きみのほかに裏切ることのできる人物がみあたらない
きみのほかに残ったひとびとはみな姑息だ　みなわたしを貶める
東京の末路であろうか
裏切ることをやめた東京がはたしてだれかを匿うことができるだろうか
解体は誤ったのだ——裏切りは解体してはならない
　　　　　　　　　　裏切りが解体されてしまえば
　　　　　　　　　　散る関係のこまごました憎しみが自動する
　　　　　　　　　　だれもその微々たる関係のゆがみに

関係そのものを代入してやることはできない
しかし解体されたあと
だれもその微々たるものが関係そのものであるように
姑息に生きる
きみは貶められたわたしの起源を知っている
それもじぶんのものと取りちがえてしまうまでに知っている

＊

東京——過去——
〈義〉のゆくえとなったひとびとが歩いているなかへ
見失うものはいつもじぶんだけだ
どうしてあたりは現在なのだろうかと街をあるけば
いずれそれは消えてなくなってしまう
そこへ立ち去った男を探してもみあたらない
背後ではひとが倒れる音がたて続き、寄り添うのはいつも女だ
わたしは目の前に脚萎する老人をすまなさで追い越す以外に
生存の構成が不可能であったような時期を思い出す

夜をまえにして晴れている
風がビルディングのあいだを縫ってこちらへやって来る
不感
風も窮屈であってほしい
できれば横たえるひとを圧迫して去ってほしい
疲労の連続よ
〈義〉はあるだろう
こんなにも健全な異常者たちがわたしを震えさせているのだから
耐えることで
終わりそうな生存もある

＊

イシカワ――
　タクボク――
わたしたちは追いこしてしまった
どうだい〈――余り世の中の事を知らぬ人が一番幸福な人の様だ。可惜若い時代を面
　白い旅もせず、華やかな恋もせず、試験から試験と追立てられて過して来

て、フッと気が付いて白分の半生の奈何にも平凡だったのに驚き「寂しい、寂しい！」と言っては行きつけの麦酒舗にでも飛び込み、自堕落な態をした給仕娘の目容に恍乎と酔って帰る時は、既うその人の行くべき路が確然と定まっている時で、否も応もない。何と言っても其生涯は安気なものだ。妻も出来、子供も出来、不満足は有っても、その為に奈何の恁うのと踠くでもない。暑くなる度に氷を飲んでいると、いつしか極楽往生が出来ると
いうものだ――〉

わたしにはわかってしまう
おまえがわたしとおなじように愚かに他人を欺いたことを
そしておまえにはだれかを欺けるほどの資質がなかったことを
ただ青年期の果敢さがそうさせたのだということを
果敢さは消える！
消えてしまってからでなくては肉付かない
晩年以降を歩むべきわたしたちに
青年の後始末が可逆する

＊

舗装路に居て
この不穏な体温を陽のほうへさかのぼってゆくことが
できるのならば
接触する空点から
東京に裂いた輝のなかに反響するものを妄想しただろう
わたしは遠退いている
嗅覚に憑いた声　聴覚についた体臭
眼のまえには往来が鋼のように動かない
＊
東京は——あたたかい冬のなかで
姿を不安にした
蒸れたのではなかった
まったくその病識に欠けていた
わたしはイシカワや
　　タクボクの風化した遺骸で育った旧町にまで
自意識の欠損が進行していることを知る

解体にともなう過失の隙間へ
どれだけの怯えが流れ込んでいることか
東京の過去からの連絡を
その腐敗の地続きに受感しているわたしに残るあわれみが
自立できなくなる日――

＊

イシカワ――
　タクボク――
どこまで名もない悲劇の実質を知っていたか
どうだい〈――然し乍ら君、矢張人間は、悲しいかな生活幻像に司配されている方が
　　幸福だよ。結婚し給え、そして、盛んに活動してくれ給え、そして僕等を
　　助けてくれ給え。〉

＊

死に対して遅かったということがあるか
生活の破壊のうえにじぶんが立ち尽くしていることを
もはや生活を疑うことでじぶんの焦燥が掻きたてられていることを

すべて果敢さとして終わってしまうのか
東京へ反響する「生活それ自身がワナだ!」という雑音を
じぶんの胸懐と取りちがえるなかに
離反と同化がある

＊

望んでも叶わない場所へ
生活の意識ではいってゆける者よ
わたしたちが諦めるだけに正常な場所よ
だれもかたわらにいないことを
じぶんの必然性へ捻じまげなくなったときに
都市の息継ぎを塞ぐことは赦されないのではないか
食いちがうだけにじぶんを傷つけて
それを生活とするかぎりで異変のない意識
わたしたちはその場所を望みたくも叶わないのだ
冷たさは喩であり
暗さは現実だ

いとしさを巻き添いにしてはならない
風は以前のかなしみへ触れて去ってゆく

＊

嘘にならないことだけが
わたしを真剣に砕いている

敗北の自立

＊

——子供のまわりにはいつも障害者と病者が集まっていた
——子供はきっとじぶんもあのようになるのだと知っていた
——かれらは皆、卑怯だった
——そしてだれにも負けずやさしかった
——かれらは子供へきつおんで話しかけては
——〈位置〉のはなしをした
——それはよく子供にも理解できた
——鳥が虫をついばむ光景を指差してはなしたからだった

――しかし子供はそれらはどうにもならないと思っていた
――じぶんも虫を叩いたり犬を蹴ったりしたからだった
――かれらのやさしさはそうではなかった
――わたしたちだけはちがうということをいって退けた
――そうやって障害者も病者も一人ずついなくなっていった
――気がつけば子供は実存の足萎えになっていた
――いつしか誇れるものなど持たないほうがいいと誓っていた
――そして皆、ただ卑怯だった

わたしは祖父を呼ぶ
それは父を呼ぶのとは相容れずに
確実な像を結ばない
足を引きずり杖の音を舗装路へ沈め
鬱むいて歩んだ
いつも涙ぐんでいた
虚空だけが晨のようで

そこへいままでのすべての時間を投げ棄てていた
想い出は幸福の形容によって誇りたかく
現在は孤独だけのためにだれもを疎外した
無意の涙よ
祖母の死に瀕して泣いた嗚咽
それはあまりにも生活的過ぎたのだった
失われることに対する行き場のない生存が祖父を迫害した
そこで父が一度の涙を宛名なくながすという
必然的な決定を受けつけることへ子供は
異和を抱くことをしなかった
死の臭いが漂い　あだかも父が救われたように
静かな感情の動きがわたしのまわりを蛇行する
父を呼ぶ　死ぬことを生存と取りちがえるように
返答に雑ざる弱体へ生活的な悲劇を縫いつける
いま、直面する老いの早急な演劇と
身体の病理が目指す不確実な生の持続とを

父がいずれの涙もなしに行き過ぎねばならないことへ
いくら祖父が寄与しようとわたしはかれらを混同しない
障害者の病と
病者の障害とが
わたしには痛いほど受感される
父に虚空へ投げうる契機が用意されていないことを
わたしが祖父へ老いとして照らせばまちがいだ

――子供のまわりにはいつも不労者が集まっていた
――かれらはなにも残すことなく消えていった
――どこか町の角ですれ違ったとしても友達ではなかった
――卑怯は生活そのものであって
――それは子供へも及んでいたのだった
――かれらはなにも話さなかった
――やさしさというものを根源から拒絶していた
――いいや

——卑怯であることがそのまま倫理であった
——子供はかれらへ感情をあたえることができなかった
——かれらは皆物質的な脅威としてあざ黒く骨張っていた
——生活の安定に飢え
——ただ飢えていった
——子供はけだかく育った
——そこに犠牲を見ないことができないのだと
——過去はできるかぎり閉ざされた

祖母の名を呼ぼう
あだかも母をこのように作りあげてしまったと怨むように
祖母の死への母の転倒には涙がなかった
子供は知っていたとしかいえないくらいに
「母は子供の涙を先回りしている」
家族の冷静さはだれかを突き放してなりたつが
母はそれを受け入れて乞うてきた

しかし祖母がそれでもひとりだけを抱擁しめることができないために
子供は果てしなく孤独のなかへ残されて
あらゆる感情を地面へ擦りつけるほかに方法をもてなかった
母の復讐だけがわたしには美しく思われる
当て所ない復讐がじぶんの一生であるような這いつくばりが
わたしにやさしさとなって堕とされたからだ
父は死なない
祖母の知っている子供の心のうごきから外れて
わたしは祖母をなつかしく思いだす
死んで泣かれ
失神させ
わたしの手を握る
虚像というものはわたしのなかには立証されない

＊

団欒はどうしていつも暗いのか

美しい化粧をした顔が冷たい
それを中心にして大人たちが泣いている
「わたしを中心に理解がだれかの責任になっている
　わたしはいっこうにことばを示しはしない　これは理解の不能ではなく
　わたしがはいってゆけないいだけだ　死者!!」
まるでおなじ姿勢に固定された土像のように
崩れずに頭を落とさずに
しかしあてどない声が螺旋している
白い布には大人たちの影も下りずに蛍光を撥ねかえして
理解の余地を拒否しているのにちがいない
美しい化粧をした顔は息をしない
聞こえている呼吸の数はすくない
だれもいないようだ

どうして暗いのか

「わたしのことばがおまえらに受けつけられるかぎり
理解はわたしに握られているのだ
おまえらは幾度となくまちがえる
わたしの理解を覆そうとして来る
わたしを中心としておまえたちが容赦なく区切られるかぎり
わたしの理解は不能を他人として頂点を築き
底辺にじぶんの変更できない固定された意識を引いている
わたしたちはどうすることもできない
死者の不遇へわたしが静かに重なるときに
死者はじぶんの誤解に気がついて言い訳をする
おまえらには遠分起こらない不遇に死者は
惨めな設定をつけ加える
わたしの理解は特定でなくてはならない」
わたしの理解は特定でなくてはならない

死者の顔を背負った大人たちが束になって帰ってゆく
夜の町の
少しだけひと気をのこして
感謝の真似をした空気が足元を冷ます
だれが隠してくれるのだろうか
大人たちの束がもどってゆく場所の幸福を
その帰路に落とされた涙を
「なにもはなすな！」
子供はすべて知っている
おまえらの不能がわたしを遠ざけるような昼間
子供が救ってくれなくて
空気はいつまでもだるさを押しつける
他人を焦らせてはいけない
子供が知っているという不遇！！
家族が消えた家にかすかな灯りが宿る

わたしを救った子供は真夜中に目を覚まし死者の顔を幻覚する
「わたしの顔は忘れてしまったというのに」

*

わたしが伝ってゆけるものは
疲労だ
風が萎えるようにわたしは疲労を伝ってゆく
そこには落下があり
着地があり死がある
疲労はわたしの目のまえにあり
ひとびとの影のなかへ落ち込む
どうして働きへ出かけ帰ってくるということの繰りかえしが
あらゆることに敗北しなくてはならないのか
（嘘だ）
（嘘だ）

（嘘だ）
欺瞞を教えよう
疲労へ癒着した詩の欺瞞を！！
　きみたちは誇りたまえ
じぶんの巨悪に充ちた酷たらしい人格
そこから滲み出ることばの数々を
ひとびとを救い癒し　赦し
じぶん自身を投げ打って
それでもきみたちが立っていられるような世界を
　誇り高く胸に刻みたまえ
自由を感じた徒刑囚の鎖でわたしはじぶんの身体をしばる
その姿があまりにも醜いので
涙が涸れてしまった
かれらの線分とわたしの規格する線分の交点が
ただ生活上にしかあらわれないという現実を
その自由というものの質量を

どのように引き受ければ鎖の意味を理解できようか
わたしはまちがいなく幸福の世界へはいってしまう
町の往来へ身を投げたことのある青年ならば
交点から生活を開始することを誓った過去を引きずる嘆きがわかるだろう
失敗なのだ
輝いた雑沓に影として接触するじぶんを忘れているのだ
青年の未成熟をわたしはことさらに掻き立てて
身投げの画像を正確につくりあげる
そこには疲労だけが共通の分量で配置され
わたしは過度に濃度をあげてしまう
疲労の失敗がひとびとにあたえられることがありえるのだ

＊

夜がわたしの疲労を誘ざなって
雑沓の背景を暗くする

わたしはそこへははいってゆけない
怒りが早い時間からゆっくりと沈静する過程が
じぶんにできる生理的な滅ぼしであるならば
たぶん徒刑囚のひとりなのだと思える
少なくともだれか他人をいちにちのうちで
幸せにしていることが
怒りの表顔である
雑沓の輝きが下方から空を照らすと
悪魔のような暗雲が立ちあがる

＊

恋する少女の明け方は
どこかで苦悩するひとへの祈りだ（った）

きみは子供か？

じぶんのもっとも無自覚な復讐はだれにも伝えてはいけない
裏切りはもっとも傍らにいる
ならばそこが少女がもっとも耐えて来たことだからだ
きみの大切なひとが遺した便りをみてみろ
そこには他人にじぶんのことばを届けるまえに
押し迫らせ圧倒されてしまいたじろぐほかない身分があるだけだ
他人の言うことへどう応答すればよいのか
すぐさまことばがやって来ないのだから
怒りがじぶんの反芻を追い抜いて他人へ突き刺さるのは当然だろう
いまにでもその他人を叩きのめしてしまいたいと
別れたあとでふんだんの理屈でもって封じ
やはりだれもじぶんのことなど理解してはくれないと
「一度たりともだれかに伝わったことが経験されなかった」
しかしよく便りのおしまいのほうをみてみろ
「家族と愛するひとのほかは……」

わたしがことばを失うのはこういう場合だ　（過去の）少女よ
「好いではないか。いつだってだれもかれもがじぶんのことをわかってくれるものだと思っていた。人間というものはじぶんで言わなくてはだれも理解などしてはくれない。しかし、ぼくはその事実をヒューマニズムへの侮辱だと感じる。なぜならだれも他人のことをほんとうにかんがえようとなどしていないからだ。裏切られることなどほんとうはないはずなんだ。ぼくがいらだってしまうことなどないはずなんだ。心底他人に向かいあっていれば、ぼくはだれからも理解されるはずだ。ぼくは今日、また知らないひとをじぶんの理屈のなかで泡を吹かせたよ。ぼくの息継ぎの障害のせいで、他人がぼくという他人を傷つけたよ。」
わたしはきみの大切なひとへなんと伝えればいいか
少女よ
きみがもっているものは悪魔だ
わたしも家族と愛するひとのほかにはなにもない
そしてじぶんに立ち帰ったときには
叛逆しかうまれない悲惨な自意識なんだ
雲の散った空にはところどころ青空が覗いている

いいや、覗いてるはずなのだ

＊

少女の閉じ込められた場所をわたしは既視的に記憶している
黄昏に無数の蜻蛉がとけてゆき
校庭がさきに夜をむかえたことで

父の迎えに親族の愚かさを

母のしたこととその演劇の底部に待たねばならない少女の
復讐は降りかえらないことで
わたしの記憶に顔をあたえなかった

＊

〈敗北の自立……〉
わたしがひとびとの背中を押し退けていった先にあらわれたことば
卑怯が倫理に転倒するばあいのかすかな
光
（過去——たしかに少女はわたしたちの慰めであったし、ちからの融解点であった）
少女の
消滅

幸福な生活へはいってゆく
わたしは……

Ⅰ　小川

小川町

はじめての道はなくなって、ぼくらはたえずおなじ道を行ったり来たりしておどけている。決まった時刻に決まった障害者が出歩き、聞き終えた吃音を町へ鳴らすとぼくらは歳を取る。いちにちに何度でも歳を取る。そうやってあの障害者の意識と遠ざかってゆく。

交通事故も殺人も強盗もない町。ぼくらの定型の罪をお互いに確認し合う方法もない町。小学生はもう共犯者になってはくれず、ぼくらを見つけては批難を浴びせる。ぼくらの卑怯は吃音だ。既知の道でうろたえているぼくらのうちのだれかを見つけ、あるいは小学生のひとりをつかまえて、吃音で仕返しをする。ときには道や町へも仕返しをする。

ほんとうはぼくらのうちのだれかはぼくらを待つためにうろたえているのかも知れな

いのに。ほんとうは小学生はぼくらを町へ引きいれるために少しだけ悪い口調でののしっているだけなのかも知れないのに。

(完膚なきまでやるんだ)

ここの道はすでにぼくらがまだ幼いときにいまはいないひとと通っている。だのにあの障害者は生きている。既知は苛烈にぼくらを非難する。

失語

ひとびとの暗黙裏へ落ちてゆく小川の少年よ
　きみのやさしさは痛い時間を通過する
ひとびとの暗黙裏へ落ちてゆく小川の少年よ
　きみのただしさは沈黙に支配される
ひとびとの暗黙裏へ落ちてゆく小川の少年よ
　きみのくらさへはだれの手も届かない

どうか
きみはできるだけ明るく話しかけ
どうか
きみはできるだけ暗黙の理解者となって

どうか
きみはできるだけあらゆることを
じぶんの非だと思ってしまえ

町の底

親しいひとびとの一切が町から消えた
わたしを叱責する余裕に欠けたひとびとが消えた
町には迫害だけが残った

わたしはこの迫害を傍らに立たせる
　わたしを跨いでだれかが怒鳴り声を交換させている
わたしを跨いでだれかが悪口を共有している
わたしを跨いでだれかが自慢を鎮圧しあっている
わたしに分かりすぎるわたしへの迫害が
他人の顔をしてわたしを越えてゆく

すべてはわたしに関して話されているというのに
わたしがひとつも入り用でない

わたしの怒りへの読解を町は一向に心みない
わたしはひとりの子供を拐い
硬い鬱のなかへ閉じ込めた
母親の不穏な汗は生理の由来ではなかった
その母親の浮気の的がわたしとなって
子供の殺害を要求した
疾患は悪化した
子供は〈母親の〉という冠詞をときどきつけ加えて
〈裏切り者〉とだけ呟くようになった
母親はわたしを愛しじぶんの子供のまえに
女性器を晒した
母親の病理を掻き立てるようにわたしは泣いた
子供が鬱の隙間から覗いている

怒りはいつしか猶予の裏返しのような顔をするようになる
しかしそれも破綻する
町の色彩の分析を終えたばかりの青年へ母親は目移りしたので
わたしは子供を深く寝かしつけて
頸をしめてやった
そうやって父親は出遅れる
硬い鬱の感触が手に残ったまま
怒りへの考察へはいった

だれもいない町を歩く
さみしい男の告白に付き合わされた友人を悲劇として思い出す
友人が砕いたものがわたしにとってあまりにも
既知の骨粉であったので
青春がはげしく抵抗することも通過することもできなかった
友人のひどい青春の繰りかえしの脱出口が
あきらめではなく

ただ生理の衰えからやって来ることを知っている

わたしは怯えている
町のなかを歩くとき
わたしの生理的な衰えが怒りの肩へのしかかる
友人不在の町を歩くとき
友人の活発な孤独がわたしを追いやって来る
わたしは敗北の年齢に差しかかっているのだ
それも必定の法則のように動かしがたい過程として
わたしを無意識から不安にさせるのだ

だれへでも会釈をして歩む青年を発見できなくなった
その青年の顔つきさえ思い出すことができない
友人の死に顔が過ぎるだけ
わたしは青年を他人へ追放してしまったのかもしれない
――青年の怯えが無差別に生を駆け抜けてゆく　〈死ね！〉　〈死ね！〉　〈死ね！〉　と

町に響きわたったことでわたしの気持ちは安らいだ　わたしの怯えはその青年の殺戮を汲みとってやることができないことから加虐的にあらわれる　ひどい疲労、あるいは焦燥にまかされた怒りの変化はいまにも利己的な自滅となって町へかぶさる　深いなかに残留した響きがわたしに向かってもどって来る　〈……死ね……〉　町のだれもが振りかえらないというのにわたしばかりがだれもの顔色を窺って壊滅した批評を浮かべている
友人の犠牲は暗黙におこなわれた
ひとりの青年が駆け込んで
わたしに方法についての戒を教えろと乞う
いましばらく脛をかじっていろと伝えると
青年は返答の余裕を知らなかった
友人は偉大になった（――偉大でいいんじゃないか）

迫害がわたしの背景でないている
やさしさの模型をもったわたしが町の喪の時間にたたずむ
町は消える

〈幸福な家庭〉
薄暗くなりはじめた空が
往来の影の濃度をあげると
だれひとり言葉を必要としなくなる
わたしだけが静寂でない
さみしい迫害の泪鳴のなかを帰宅する

小川

知的障害者の奇声を御杖にしてたどり着く場所は灰野だった……

雑木林が枯れ果てた年齢と
放火の年齢とが支えるまぼろしのなかに
ひとりの老いた女があやまって焼死したことへ
きみは失望を棄ててしまった
踠き終えた四肢に水分はひとつもなく
頭部に黒く集合する毛穴からはそれぞれ
無意の炎が明滅していた
老いた女の喉から焼けた遺文がただれると

きみは幻滅をも棄てさってしまわねばならなかった
現在も鼻に癒着している生まの臭いがいくども
きみを反復へ引き込む
風が吹くときみは
老いた女の無数の皮膚を被ったように感じ
立ち尽くす以外にまぼろしを引き受ける方法はない

きみはあの日
黒い壊滅のうえで泣き叫ぶ家族へ
「もう泣くな」と伝え
背中を撫でた
そして骨を砂へかえるように
壊滅を踏んで去っていった
きみが宿命づけられることは〈小川〉を
吃音で発することだけだ
きみの

気遣いの諸相

一

車掌は（窓をお閉めください）という
雷雨が車体をゆらし
子どもたちはあけられた窓をくぐった雨粒に濡れ
大泣きしたあとのような様子を
母親へむけている
再び車掌は（窓をお閉めください）という

窓を閉めてやると

外から来たのか羽虫が肩にとまった
雨はつよくなり
音を鳴らして窓を破ろうとする
子どもは溺れはじめている
わたしは息を殺した

二

とうとう持病の発作がはじめられた
車掌はまだ（窓をお閉めください）といっている
わたしは帰ってきたのではなかったか……
「おかあさん」
頭痛無し　痺れ無し　倦怠感無し
窓をあけて涼しいかぜを部屋へいれる
ここぞとみて羽虫は外へでていった
わたしにはその羽の跡が

空気のなかにはっきりと見えるので
どこへいったのか
そしてどこへ落ちたのかがわかる

雲がひらけると
太陽が土地をやいていった
わたしは羽の跡をたぐって
助けてやろうとおもった時には
羽虫はあたまの先から干からびていた

三

冷えた気がして
頭上をあおぐと
真っ黒い積乱雲がかたまっていた
わたしの家の後ろから

一滴　また一滴
重たい雨粒が落ちてきている
ある一瞬の零度を通過して
千の雨が降った
さあ　いってくれ
車掌よ　いまだ！
（……。）

暗黒から晴天のほうへ
稲妻がかけてゆく
羽虫が動いたような気がした

四

部屋一面、ずぶ濡れになって
わたしはまだ車掌のアナウンスを待っていた

雨音のなかの遠くには
電車の走る音が混じっていて
わたしの妄想のなかの居心地と
混線した
わたしは部屋を見渡してあの子どもたちを探した
どこかに蒼白い顔があるような気がしてならなかった
「おかあさん」
鳥肌が尾骶骨まで抜けると
わたしは腰を落としていて
（すまない）（すまない）という
聞き覚えのある声を聞いていた
これがわたしの病か

もう午後であってもいいと思う
黄昏れがやってきてもいいはずだ
土地に羽虫の死骸はない

わたしはどうやら
死骸が雨水にながされてゆく過程を追っかけることは
できないらしい

五

玄関の扉がひらいて
親しい光がわたしの部屋のほうまで射してきた
わたしは咄嗟に水浸しの部屋の言い訳を
あたまの片隅に据えて
雨の止んだことを確認する

やさしさの再構成

I

哺乳類が黒い眼を
四足の影が沈む地へ向ける
おなじ眼の死に体がこころの外へ碍傷を置き去りにして
微かな雑草を噛みとる瞬間を受け入れることも
受け入れないこともしない意識が
影の腐りくずれる像を粗描する困難を突き放している
唾液で湿った雑草へ痛みの奥にある関係の残酷さを知らせ
ただ哺乳類は栄養へ向きあう

その絶望

あるいは黒い眼が
怯えを受けつけるだけ涸わいたのであれば
それはじぶんの影のゆくえを風の進行へ重ねはじめたのかも知れなかったし
かたわらの死に体が不意に起こす鈍風を理解しはじめたのかも知れなかった
陽に温められた怯えは慰安との境で抵抗へかわる
抵抗は夜を待つ
しかし
横たわった死骸に躓いてしまう宿命をかかえている
その限りで抵抗は叶わない

黒い眼が哺乳類を窺いはじめ
白脱した地面の眼を唾液で濡らすとき
絶望はなにを思うのか
生臭さへ理解の及ばない知覚があまりにも憎らしく

怯えが涸わいた眼をゆっくりと恢復してゆく

II

「わたしたちの小川は壊滅していた」と記したのは
発展と懐かしさを取りちがえたからであった
そしてもっとも根源的なもんだいはわたしが
あらゆる他人に知られることを町へ被せていたからにほかならなかった
だれもわたしを知るはずがないということが
わたしが知り過ぎていることを追い越すことができなかったのだった
幻滅の第一義（——親しみが崩れ去ることを歓喜する不調）を
わたしは信じていたが
未完の町が再構されることへ
いずれの吃音も合致せず
じぶんの誇大妄想の慣習に気がついたときにはすでに
小川は知らない顔色で変死していた
幻滅が嘘をついたまま わたしを慰めたことに

涙のへんりんもなかった

老いた知的障害者の眼が
わたしを背後からさらってゆく
冷えた舗装路へ堕ちた凪のように黒い
影の熟れた臭いを思い出させ
砂漠の味に耐えてきた往来の罵声を反復する
わたしのする破壊が小川の息継ぎをおぼれさせるようにと
原始的な犠牲を模倣するだけ
生活はその輪郭を強くする
さらわれた先にある正常と異常の交点から
わたしを生活させる根拠を掴えることがあれば……
親しさの破壊がわたしの裏切りを徹底させる（だろう）

Ⅲ
まだ足りていない
まだ足りていない

凍えた心臓の不調まで差しかかる暗さ
有蹄類の歩行の密度が待ちうける絶望
過食にはみ出した未消化の腐敗

死はやって来たときには終わっている
わたしが横たわる哺乳類の絶命に佇むことを
不随意の足が拒絶するのだから……
痣は痛みの回想として残るのではなく
ただ痕跡として鈍い色を深くする
この拒絶に取り憑かれた生活は意識の飢えとなって
わたしに他人の意図を識知することばがあったのなら

復讐は肥満していたのにちがいないという切望をあきらめさせる
黒い眼の知る絶望は
わたしの無意識が生活で窒息する原因と結ばれるか
それ以上舐めてはいけない
それ以上死体へ関わってはならない
生活を取りかえすだけの力も足りていないのだから

喪——

おまえの知っている
親しいだれかは
遠くまでまぼろしだ

やさしさの再構成

落葉はまだあたたかかった
凍傷を恐れた鳥類が一匹の殻から臓器をすすりあっている　その音
なつかしいわたしはまた赦されると思い時季へはいってゆく

息がもどれなくなる寸前の
自虐的な湿度にはわたしの物質がしきつめられ
空へ向かうことなく地面ですまなそうにしている
冬がちかづいている
なだらかな気流のなかに死んだものの臭いをかいで
裸の街路樹がわたしを群れのなかから識別するのがわかった

朝の静寂はわたしの脚を摑んで放さなかったが
一日の終わりがつくる薄ぐれへ帰宅することは
わたしにとって価値のあるものではなかった
寒さに刺されて雲の軋む空をながめる余裕に
静寂がふくまれていないだけだ
憎しみに生きることで
いつしか傍らのだれかを忘れ
放念に死んだことで救われる
そういう類いの嘘が少し信じられる気候に
わたしは不感なのかもしれない

やはり角を曲がって来る男はもう蒼白い顔をしていなかった
男はわたしの自画像でこちらを窺っていた
この町にはわたしとその男しか存在しない時間がある
あれはいつも青年が町のすべての他人と友人になるときだった　かれは往来へ会釈を

してまわった　じぶんがだれかを知ることをじぶんがそうされているのだと取りちがえているための歩行であった　当てはなく、かれはじぶんの体力と精神の安定のはんいで町を練りあるいた　――男はそうした青年の破情の隙間からあらわれた　町の角とはそういう不信さの過ぎるじぶんの誤解の鬱積地点となっていた　曲がってこちらを窺う男の蒼白い顔へ青年の会釈は消えてゆかざるをえなかった……

影は弱ったまま凍結している
「いずれ」という時間が確約された巡回で迫って来ることを
だれにも告げずに
人間を底から粗形する絶句がきこえる
あらゆる他人の関係の貧困がみえる
あらゆる他人の関係の暗黙がみえる
あらゆる他人の関係の軋轢がみえる
影に疲労の死が射すところまで
黙っている
自画像に入る陰湿な皺をわたしはじぶんの年齢と見まちがう

青年の誤解がはっきりとやり直され
角を過ぎた場合の背後へ伸びる影の決定がじぶんを名指しする
凍った影の下でわたしの疲労も動かない

男の死の告知が不在である
冬
雛の死骸が鳴いている
たどられる血痕のさきにはげしい無で身体を埋める親鳥がある
わたしの寒さは親鳥の死を願っても癒えない
わたしのほかにだれもいない町の夜に産毛をむしり
鉛のような空の圧迫の儀礼を行う
変温しない眼の黒さが殺した夜が人間的でないならば
わたしは鳥類へ手を触れない
角を曲がるわたしを知った腐らない死骸の不幸よ

暗い至福

未完をみとめた眠りは灰のなかへ姿をくらました
それはけっして現在の断念ではなかった
地面を這う昆虫の幻覚が
かならず捕食される終曲を迎えることで
狂わずにいることができると気がついた
昆虫は表情をもたないで
ただ弱体を節の擦り減る音にたずさえるだけであった
終曲は土にいくども叩きつけられる音だけで像はない
じぶんがどういう手続きで空中へ浮き
どういう手続きで振り下ろされているのかもわからなかった

痛みは感じられず
意識の漂白が土煙りに巻きつかれていた
だが幻覚において四肢が活動していることを
息のある昆虫とみなすことは恣意的であった
遺骸が弄ばれているとは思われなかった
また昆虫がほんとうにだれかの栄養として姿を
消すともかんがえられなかった
捕食は幻覚を終わらせるためだけにあらわれた
頸椎の痛みが妨げるものは実際には眠りではない

暗やみのなかからこちらへやって来る音へ
どれほどの断定が犠牲になるだろうか
夜明けは晨から帰りみる諦めをつれて居なくなる
はじまりはいつだって灰のなかからの意識的な復帰であり
払い除ける過程を生活力だとするので有れば
夜こそがもっとも晴れわたった地点だということになる

あらゆる断定が支配する意識へ手をかける
しかし残るものはじぶんのしたことと
じぶんのしたこととの過失だ
幻覚の音が離れない
ほんとうは暗やみで幸福な現象が引き起こっていた
という可能性を消し去って

剽窃された幸福からの反駁へ
（わたしの）敗北因があることを知って
過失の世界へはむかうためには
擬人化された花がひつようだ
その花がだれかの幸福のなかで生きて来たことを
じぶんの過失の鏡のなかで偽造して妥協し
幸福を唯一のものと認めることがひつようだ

昆虫はじぶんの複数の卵へ接すると

たしかな誤解によっていくつかを踏みつぶす
その音は弱った身体へ響くことはあっても表情をもたない
だが誤解をかたわらのやさしい羽根がなでることで
晨は成り立つことがある
ひとりで潰し
ひとりで腐ってゆくことを否定する
そういった幻覚の発生に立ちあうことができるのは
陽のあたる場所だけだろう

小川記

おまえは電車のなかから踏切に並ぶ幾人かの婦人を見下ろす
皺に照かえった朝がおまえから
一群の不幸な男を奪う
おまえは生活から無理やりその男どもを探さねばならない
疲れたり焦立ったり失ったりしている心理をささえる
わずかな明日に今日をみる生活が
どうして耐えられたかを知るために
おまえがひどい隠蔽をしたある日
ないだけのだれかがため息を背中へ押しつけるはずだ
もしくは

おまえがひどい失敗をしたある日
いないだけのだれかが隠蔽する
そうした循環にはまったおまえは
おまえ自身への疑いを刃物のようにしてしまうだろう
いないだけのだれかを論駁し尽くしたあとで
晴れやかな空とおなじ色彩を疑いにもたせてみる
この虚偽の心理がどうして視覚を恢復させるのか知らない

*

おまえはどこへ帰るのか
ああ　部屋にきいてくれ
だれが待っているのか
ああ
たとえば駅から見切れる夕焼けが知っているかもしれない

＊

このこころの余裕はどこからやって来て
いつになったらほんとうの姿を示すのか
おまえのあいさつした明日のひとびとは
けっしておなじ仕方ではあらわれないというのに
おまえは今日をあだかも絶え間なく信じている
思い出してみたまえ
今日交わしたことばのなかに
だれかの応答があったか
ひとつでもあったのならおまえはそいつを大切にしなくてはならない
またしかし独語に消えたのなら
おまえは思い出せるだけ拾いあつめ
点検しなくてはならない
だがおまえはその点検をいつだってまちがいのなかったものと見做すから
ひどく傷つくのだ

＊

旧くからの友人が大人にみえたのなら
おまえの休日は遅延するだろう
じぶんのかんがえやインチキが友人の未来へ届いて
引きかえすものは失意のほかにはないのだ
おまえはおまえを生きろであるとか
貧困がただしいであるとかいう小言を
嘘のように信じてみる休日に
ふと友人の肥えた顔を想いだして笑う
おまえに少しだけ親切なこころがあったら
おまえはその微笑みを弄くる必要をもたない
そうやってだんだんと切りはなされてゆく距離に
じぶんの孤独を書きつけるのだ
貧困や精神の優越のような嘘に頼り

今日を明日へ写すのだ
この休日があと何百回と訪れる
忘れたことと必定とを生活のなかに分別できれば
そう願う

＊

車内の婦人らの会話へ身を投げたい
あの寡黙な男の職業をききたい
不意にドアが故障して外へ投げ出されてみる
群衆のなかに倒れる
また晴れやかな空をみる機会に晒される
おまえを心配する声が絶えない

＊

おまえは泣くことができるか

＊

おまえはこれから不安のなかを歩むに従って
ひとつの原則を手にしなくてはならない
その原則はじぶんのなかからやって来る
平穏な生活という圧迫は
明日が今日とおなじだという写しのなかに
いくらでも他人を入れ込んで
その他人のなかからじぶんに似ついただれかを
必要以上に具体的なものにする
それでいておまえは明日へ病むということはない
どんなときであろうと過去へ病むのだ
だからおまえはこれから不安のなかを歩むに従って
ひとつの原則を手にしなくてはならない

鮠

雑木の栄養が流れでた小川に沈む
母の腐乱死体をついばむ魚を
《鮠》と呼ぼう
辺りに佇む老人よ
いつもおまえは足を引きずって遅れてやって来る
それでいて先立たれてしまう
髪の毛はすでに流れ落ちてしまった
浄水器のなかでばらばらにされることもあれば
絡みついてはなれないものもあるだろう
《鮠》が咽せる

肋骨が剝き出しになり
肉のそよぐ下に隠れている
老人よ　忠告はよせ
わたしはじゅうぶんに知っている
下流で子供の声がすることも
ほかの魚たちが絶句してあることも
小川の栄養は《鮠》を刺激しすぎてしまったのかもしれない
老人の心の奥にある少年の憧憬が
腐って爛れてしまっている
老人は失禁した
重たい下半身を引きずって
わたしの背後のひろがりを怯えて
去っていった

わたしは泣きたくなった
その老人の去る姿が死

そのものであったからだ

殺人者のうた

近づいたところで離れてゆくものの
ささやきは
闇の深い部分からのがれて
薄ら笑いでこちらを伺っている
刃物が光の反射を受けつけないのは
《あいつら》のみえない迫撃による
《あいつら》は黙らせ
《あいつら》は憎しみ
《あいつら》はときに
無視をする

盗み耳をたてて蔓延った暗黙裡のうらにある
侮蔑の別称をとらえるごとに
だんだんとあやうくなってゆくものが
じぶんを含めた人間の最弱点だと
四肢の先端にまるめられたかたまりへいい聞かせる
正常に正常をかさねて帰って来るものよ
《あいつら》にどれほど汚されたのか？
塵ごみの浮いた水を飲み干して
朝陽をとざす反転の生活に
どれほど嫌気をもったか？
出なくてはならない
《あいつら》が暮らす部屋へ
《あいつら》が中断した食卓へ
《あいつら》が閉ざす寝床へ
《あいつら》につかわれたじぶんの殺意を
ひそひそ話によってとりかえし

刃物へ身勝手な仇名をつける
　　　　・
……窓からの風が
《あいつら》とおなじ眼をして去ってゆく
疲労だ　じぶんを二分する
払われない経緯だ
……食器から花瓶、洋服、その箪笥の闇が
《あいつら》とおなじ眼をして立ちどまっている
足りないものがわかってくる
　冷たさ
空を刺し
喉へ塵ごみが傷をこまかくつけて流れていった

II 異感論

傷

（あなたがいて幸せ）と
傷ついた
いちにち中
影へ語りかけ
泣いている

あるいは

こどもやともだちを呼んできて
疲れ果てた風と遊ばせる

影はなにもこたえない
（あなたがいて幸せ）と
夜なのに灯りもつけず
なみだに反射する
部屋にはもう　だれも居ない
傷ついた

風が動かなくなり
凍りつく心に
こどももやともだちも加わる
そう願っているいちにちが
妻の肌から終わってゆく

もしくは

影のいたわるような瞳がながれ
泣いている
　　　（あなたがいて幸せ）と
団欒の食卓に間に合わない
このままでは
お腹を空かせることがない
咀嚼音の幻聴が
いまだに眼の奥にすんでいて
妻を看取ることができない
という焦燥を
うかがっている

女子高生

華々しい血飛沫などない
赤く腫れあがったり、滲んだり、
埋もれたりして死んでいる
防風林をくぐる黒くながい髪の毛が
笑ってるようにも
怒っているようにも印象した
あの友だちは——
朝起きるとかならず
海岸沿いに消えてゆくあの友だちの言った
悪口を再現することができなかった

人間の憎悪の関する記述だけはノオトの
隅に浮かびあがった

「痛いって」

「痛くないって」

幼いペニスの抵抗には
過去の持続だけがあり
できるだけ思い出されることのないように
愛液は配慮した
あの友だちの性器の味が
臭いとなってアナルをかがせる
雲のなかの無数の光
体調不良のための追悼歌がきこえる
蹴られたり泣きわめいたりして

走りだす先にあるコンクリイト塀は
越えられない
潮が背丈よりも高く付着した理由までは
おびえる性器にはつかまえられない

「どうやっても日没に間に合わないよ」

救助船にまたがる男の声に
だれかを責める暗喩を感じたのは
裸を見たからだ
あの友だちの遺体を遠くへ流すために棒で
つついたのは数日あとのことだった

死―谷底

集落の切れ目から爆風が草樹をからしてあがってゆく
黒く濃い煙はおおきなまとまりをいくつかつくって山へ接触する
陽の光は喰われ
有機体はどれも鬱屈をその生の方向とした
腐ったものの連鎖がそれらの生態系なのであり
死体が有する時間を啄ばむ音が
発育へ絶望として響いている

薄暗い黄昏に稚児がたってまもなく
じぶんが霧拉いにあったのだと熱をだす

母や父の顔がどれも偽物のように感じられ
血の臭いを受け入れることができない
陽がのぼる少しまえに稚児がたってまもなく
じぶんが霧隠しにあったのだと熱をだす
家の窓にはめ込まれた外が故郷のように感じられ
懐かしさを手放すことができない
歩いているひとりだけしかない影を眼で追って
はげしい不安をじぶんへ痛めつける
帰りたいのだが死んでしまいたいという感情が
霧のなかへのみこまれてゆく

じぶんが棄てられてまもなく
神人に相応しい浮浪者が食べ物を落としていった
遠くに浮浪者の背中がみえる
「おまえだ！！」と背中に叫ばれて
数人のあざ黒い男たちが走り抜けていった

浮浪者が棒や石で叩きのめされて死んだのがわかった
心臓の焦燥はほんとうは男たちがじぶんへ叫んだのではなかったかということに由来する
生きた心地がしなかった
落ちた腐った食べ物へひとつの倫理を写すが
走り抜けていった男たちのなかのひとりと
眼があったことが素描されてならなかった

霧の村にはもう帰れない
稚児の熱はさがりそれが冷酷へ差しかかっていた
　じぶんはなにに怯えているのか
鳥が爆風のなかで裸にされて
頸を折る
蛾の群れが煙のなかで互いにぶつかって意識を失う
山系が抉れているのは風のせいだ

死俗

頸はきつく縛られると
地面に横たわる影をしずかに世俗的な怒りへかき立てる
自律的な生理部は必要にもがき
息継ぎにふくまれる悪化を握りしめては
死というものと徒党を組んで睨んでいる
しかし、失われてゆくべき意識の残照が
怒りにかんする若干の訂正をおこなうので
眼は影のとる姿勢から思想的な奥行きをえる

怒りに世俗的という註釈を施して

怒り——それが幻滅からやって来る場合の素描は次のようなものだ　幻滅はふたつの
起因をその肉としている　ひとつはあるものがじぶんの理想を否定的に下回
る場合　ひとつはあるものがじぶんの否定的理想を裏切る場合　純粋な幻滅
は理想から迫撃してしまえばよいが、偏屈な幻滅は明るい世界へじぶんの身
勝手を打ち付けなくてはならない　その怒りはまったく独断的な幻滅のリビ
ドーによって駆動する　だれにも理解されることのない他人の拒絶に満ちた
怒りだ

世俗的な影の怒りの動作にまかせて
意識は失われてゆかねばならないものなのか　と
括られた頸の屈曲筋群がむざんさを押しのける
いま、死人は
じぶんの死への意識的な決定の瞬間と
じぶんの死への思想的な特定の瞬間とに
わかれている
　生活は惨たらしかった……

金は喉を縛ることよりも苦痛をもたらした……
もう少し裕福であったのなら……
気がつくとあたりにはだれひとり……
憎しみを預けることのできるひとが消えていた……
だれかへの憎しみが……
いつしかじぶんを喰らうようになっていた……
すべての他人がある時……
友人であるかのような顔をしている時期をこえて……
迫害者にかわった……
生活に附随する身体がおぞましくなった……
死はどこからやって来るのか
理想：じぶんの肉親が営んでいた生活の模倣をできるだけ上まわるような生活
否定：幸福な生活
怒り：現実から幸福な生活を壊さねばならない

六月の昼間は湿度が目視できる

「移り気」
「浮気」
「無常」
と並べられた花が灰色にかすんでゆく
雨季の鳥たちが上空から解説することは
いずれも
じぶんたちさえあてどなく
おまえが死に向かうことへかまう余裕がないということで
むしろ他人の死の上を飛ぶことに慣れてしまった
未成熟の溺れた昆虫を啄む卑怯を
おれは倫理へかえねばならない
鳴く
それは怒りにかんする望みを否定して
弱った仲間を気がつかぬふりをして殺してしまう
去る

〈……いつからか死ぬことをかんがえるようになりました。死ぬことといってもありきたりで、いま生きていることとそれを繋げることはまったくできていません。ただどこかに死ぬということを抱えて生きていなくてはどうにも耐えられないのです。ただはじめは他人に知られる世界でそれは通用していたものでした。しかし、いまはなにかがちがうのです。おかしいのです。たぶん私は死ぬということを生活と同列のところまで育ててしまったのだと思います。脅迫はして来ません。死ぬことがもはや当たり前なだけなのです。遺書というものはなにか感謝を書かねばならない風習があるように感じますが、わたしは生活にもどっています。ただあと少しでじぶんで命を絶つのです。お父さん、お母さん。私は穴の空いた靴下であらわれると思います。〉

（封筒へも入れず放られたあと一年を生きただれかの「遺書」より）

雨が屋根にあたる音が私を起こします
かなしみ？
野花が土に倒れる音が私の足を停めます
あわれみ？
私の人生はひとつの言葉に引きずられて来ました

私は歳老いて病気になり
生活の貧困のなかで嘔吐しています
ある夜
布団をあたままでかむり
真っ暗ななかで眼をあけるとそこには
――〈業〉――
が立ちあらわれました
風が戸を叩いている音が私を追いかけて来ます
小鳥の死骸が私にお辞儀をします

わたしは謝った

（広告の裏の「日記」より）

色夢

胎児を砂場に埋めたことはもう
問い詰めたって仕方がない
爪のあいだを砂利で傷めたのは母だったのだから
わたしは朝の通勤に紛れ込んで
軽い息のある砂場を盗みみる
女の装いは昨日へ逃げることができるだけの
荒れ果てた不潔さで身体を覆っている
剃り残された腋毛が苦しそうに皮膚間から
エロスと倫理の低俗な階級を訴え
わたしを正常な列から離脱させる

まだ育たないヤスデの遺骸を枕にして死ぬ不合理が
母へ説得できるだけの悲惨さをもたないために
冷たくもなく生温い体液のまま死んでゆく
爪のあいだの傷や
腋皮から男たちをうかがうわたしは
うなだれた女の眼の物真似をする
男の横視線を愛したり
疲労の内側の性欲をたぐったりする
わたしが女の孕んだ胎児を模倣しないのは
復讐や自己破産の手続きを知らないからではない
女はそれをせずとも
ただしい方途で異性を殺す

「ママは間接的に父への殺陣を教えてくれました。たとえば父が休日に蔓延った場合、ママはずっと寝てしまうか、仕事へ出掛けてしまうか、そうした方法をとっていました。それでも父は不在にはならないので、ママの疲労は抜けないようでした。

けれどワタシが帰宅すると間違える場合があります。ちょっと入っていかれないママと父の談笑があってそっと扉を閉めて後退りします。
そういったときにママは父への殺陣ではなくて、父と手を組んだワタシへの殺陣がほんとうの望みだと知るのです。」

夜であれば扉の隙間からひかりが垂れ
昼であれば風が垂れる
女は起立して
わたしだけが女の視界にはいる
刃物にはすでに血液が染みているから
普遍的な臭いのほうから怒りを呼び込んでは
あまり異常なことではないと
下半身のちからを緩めている

わたしはあまりにも子供を大切にし過ぎた
砂の溺死から

浅い呼吸をおぼえる成長があればと祈った

革命

女の遺体が腐らずに
きわどい肉付きで安置されている砂漠では
わたしのような聴覚狂いは
〈革命〉の音韻や語感を愛でる音楽師の男へ
同性愛的な感情を向けざるをえない
それは過去に置いてある少年の記憶ではなく
現在に聴覚的なエロスの白杖で
実体的な印象をつくりあげている
起こらないことも
起こせないことも　なく

終わらずに男が死ぬまで続く
街角の数人が音楽師の男の歌詞を口ずさむ側を
わたしが干からびた嫉妬で通るとき
視野のなかの〈革命〉が地に着いて
這って歩いてゆくのがわかる
あの数人が歓楽街へ去ってゆくばあいも
かならず影を引きもどす陰湿な心理が
〈革命〉のまえに迫っている
どうしてもわたしをその男たちの歌詞のなかへ歩ませない
〈革命〉の暗いところが
歓楽街の電光を握りかくす
わたしはやはりあの音楽師の男を性的に愛するまえに
横たえる女の遺体が気になって仕方がないのだ
礼儀正しく帰宅する夕方も
音楽はあまりにも視覚的にわたしを把み
男の背中を送らせる

なにものこらない歓楽街の外れでひとり
〈革命〉の後始末をするわたしは
すでにことばの通じるだれかを失っている
同性愛の終わりを任意のものにした
わたしの経緯は砂に埋もれた女の遺体を
無心に掘りかえしたことにはじまっている
死因のない女にとって
わたしはゆるやかに必然的な関係をあたえられる
音楽師の歌詞が砂へ響かない理由もまたわたしなのだ
おまえの待っているようにもなれば
わたしの待っているようにもなるこの
鏡のような心理を同性愛とは呼ばない

喜劇

星まで届く喜劇の音楽は
きみと帰る町へやさしさをあたえる
路端の花について
町路樹にとまる鳥類について
今日もきみとはなしたいと思う
繋がれた手のなかにひそやかに休んでいる空気に
できるかぎり名前をつけないようにして
坂道をくだってゆく
子供たちを先へゆかそう
きみがこわがった朝には星たちも

不安な夜を過ごしただろう
ぼくたちはゆっくり歩むんだ

ぼくが喜劇の音楽を呪いのように聴覚するとき
きみはそのやさしい触手で町へ引きよせてくれないか
ぼくは喜劇の音楽の作曲者を殺人するように追いかけてしまうから
そっと喜劇のなかに含まれる暮らしの歪みを
耳元で口ずさんでほしい
そうすれば花の貧弱な根のする強欲さを
赦す気持ちになれるから

ありがとうがぼくらを越えて
町の影から聞こえて来るような帰路は
どこかに焦りがあるのかもしれない
硬い眠りや
柔らかい眠りをそれぞれ過ごしたあとで

待ちあわせる場所がぼくらに属さないのは
ぼくらがそれぞれ産まれたときから決まっていたことだ
だからぼくらは手を繫ぎ
ゆっくりと歩むことで
空気のような迫害をできるだけ暮らすんだ

町にぼくの真似をしただれかが歩いたとき
きみはそのだれかをなだめてやってくれないか
ぼくはそこへはかけつけられない
ぼくは町のひとたちへいつも手遅れであらわれる
幸せが訪れますようにと祈るきみ

たまにきみから喜劇の音楽が聴こえることがある
ぼくにはもうなにもいらなくなる
咲きほこる花々も
美しい鳥類たちも

もういらなくなる
いつしかぼくまでもいらないのではないかと思うようになる
悪のながい時間を耐えた過去が
暗い雨の日を呼びあって
しずかに喜劇の音楽へ沈み込む
そしていつだってきみの触手が繋ぎとめることで
独りよがりのぼくは恢復する

卑怯と正系　ある少年遠藤裕喜へ

今日は歩いてかえろう
路端のちいさな花をみつけて
なみだをあしたへくりこせると信じてみる
嘘をついたことや
好きだといえなかったことを思いだしては
ゆうぐれの影にそっと隠して
すれちがうひとたちがつまずかないようにした
だけれども影をまたいだ足がことごとく
ちいさな花をふんづける

今日は歩いてかえろう
ぼくのふるくなった鉛のようなこころにある私刑が
あの子のかわいい顔へ皺をいれる
少し寒くなった風がぼくの背中をなぞる
母のなみだはよろこびだった

なみだが沸騰する
音もなく

今日は歩いてかえろう
気がつけばとなり町までやって来た
路端のちいさい花は汚れてしまったのに
知らないひとたちばかりだ
ぼくの家はしずかに焼けてしまうから
ねむってしまう時間までかえろう
すれちがう女の子たちの顔……

ただしいことは一度しかいえない

顔をあげてかえろう
夜空がこんなにきれいだったなんてつぶやいてみた
ほら
もうおもいでにはならないんだ
今日はなに食べようか
今日はどんな本を読もうか
もう一度あの子の顔を見にゆこうか
ぼくはどこへも知らされないんだ

旧・南限

〈私ハ美シイコトヲ美シイトイイマシタ〉　老衰した酋長は称号を有せざる不自由民であった　ショウペイテ〔貴族〕から外れ　しかし群島のStaatsgottheiten〔クニツカミ〕のどれもが彼女を間違いはなかったと赦すのであった　焼かれてゆく南洋の下へ　親族の悶絶が消えてゆくとも知らずに　〈美シイ〉とつぶやいた幼年の記憶を殺そうと　彼女は海へでかける　山積している異邦人の死体を踏まないように　ふりかえれば　精霊はその異邦人へも言祝ぐことを　知った　海には黒い異国のかたまりに　ナンマルキー〔偉〕をあたえられたカイムシャウ〔亜〕の青年が　世界史の分立をこえて　溶解してゆく姿がうつった　〈美シイ〉　彼女は巨きなものが沈み　氏族の崩壊も異国の敗戦も　無差別な美しさへ受感され　またそれを血縁の死後からかなしむことを予感していた　だから　彼女が〈美シイ〉という理由は　むすうの時間から

つぶやかれるほかなかったのだ
——（厚い水分のエメラルドに）
——（浅黒い土人の影がおとされる）
憑りつかれたわけではなかった　むしろ　彼女にとっては同時代的だった　〈美シイコト〉がこの南洋の炎の下にあったことも　〈美シイコト〉が遠方の侵略者にあったことも　彼女のなかでくるうことなくおなじ時間をすべっていた　ココ椰子も象牙椰子も　入植者の手で棄てられることも知っていたのだった　精霊の予知ではなく　感受性の悲劇であった
またたく間に紅樹林帯が端から焼かれて　火山島をかこった

〈美シイ〉

わたしが　ヤウチハラ／ヤナキタ　と知り合ったときにはすでに　土人はわたしの知らないものを口にしなかった　南洋の食性はかわり果てていたのだった　酋長のための饗宴は日夜つづいた　そこで青年は酋長はかならず死ぬということを異邦人の口から語られていた

わたしは饗宴の振動にまかされて海へとでかける　わたしにはふりかえる余裕の持ち合わせがなかった　島民のにぎやかな焚き木も　焼かれてある過去も　ともに〈美シイ〉といえる感情を自分にあたえるには　時間が経ち過ぎていた〈泣カヌモノノホントウノコトガワカラナイ　ダレモ心ヲ動カサレテハナリマセン〉熱帯雨林から鳥類の甲高い声が　島民のにぎやかさに騙されて　わたしの背中にあたることだけをたしかなこととした

――（土人の眼がとじられる）

――（わたしはひとり祝唄をつぶやく）

ひとりとして青年は ani aramash〔祖先〕へ祈る理由を聞くことはなかった　彼らも死ぬように祈りの理由を教えることもできない　わたしは南洋の予見を　引き延ばしてしまいたいと思った　そうして現在を追放して　過去に〈美シイ〉といいにゆきたいと思った

わたしは異邦のために泣いていた　青年の輝かしい眼を想像してから　火を放つほかなかった〈シイタゲラレタトコロカラノ嘘デナクテハ……〉鳥類が飛び上がる　わたしもきっと　老衰で終わるはずだ　南洋を遠くから眺めようと思った。

虚無後

妄想妊娠の兆候があらわれたのは
父も母も死んでしまったあとで
夫を男たちと見間違えてしまうことを
できるだけ食い止めようとした時期でした
あるいはまた
都市から私の好きだった生産がすべて退いたあとで
街路樹の影へしのびながら帰宅する
姑息な生活の延長でした
どうか私から自然を破棄してください
その廃棄物は自由と呼ばれますか

こころに巣づくっている売春が不快でしかたないので
私は夫のペニスの正確な素描を持ち歩きました
月経の閉止
と初乳
肥大した乳房ばかりをいじり
無理に生理的なものを生活へ近づけるのです
男たちすべてに好かれることが目的なら
すべての殺戮は自死と等しくなる
もし自由なら
ただ生殖行為だけを信じるべきなのです
私を見てください　悪阻です
子供はかならずmamaと発音しないから
大人が産まれるのでしょうか
私の妄想妊娠はマルクスであってさえならないはずなのです
むしろ資本論が閉め出した粗悪な怪物の
平和を生きていなくてはならないのです

売春への不快感があるうちは
私の妄想妊娠は治らないのです
なんという精神の健康！
私はたくさんの性病を知らずに抱え
買い物へ出かけることができる
ついには死期を生活へ流し続けることができる
夫の心配は私が含まれたことでだれへも届かないのです
どうなってもかまわない
ことさえも失う必要があるのですよ
このお腹には自由への失格が詰まっているのです

信仰記　上

貧しき人々は私のくべる芋汁に列をなしています。その顔には老いた笑い皺もあれば、眼鏡に狭まった姑息もあります。かれらの宝物をみな奪ったのは私の信仰心のほかにはありません。そして私はかれらの宝物の裏にじっとりと繁った箍の外れた吝嗇を断罪するのです。ある癌の思想家がかれらへのあこがれを書いておりましたが、その思想家にはかれらのような姑息さも無償の笑みもありませんでした。かれらが私のくべる芋汁をかまわずに啜るのは生きるためではなく、ただ資質があるのです。その思想家がじぶんを摑み損なったのはまさにかれらとの資質のちがいだったのでしょう。そうしたことを私は知っていますからかれらにあこがれはありません。芋汁のそそがれる音はどれほど貧しく苦しくても下品に耳へ近づくのです。

ふと思います。不潔なかれらとの握手がなぜできるのか、と。これは神に報告しなくてはならないことです。拒絶を奪われたことが神という関係性の手袋を意味して、信仰を汚しています。

＊

私は芋汁へ致死量の毒を垂らしました。健康な私たちにとっては免疫力でしのぐことができますが、貧しく不潔なかれらはたちまち参ってしまうそんな毒です。

ひとり、またひとりと貧しき人々が倒れてゆきます。どの音もおなじく乾燥した砂利の響きだけで、骨や脂の音を含んでいません。まるで窒素や炭素を聞いているようです。もう十数人目でしょうか、あるひとりの男が青白い顔をして私を眼差して倒れました。動きません。見ひらいたまま私をとらえています。またもうひとり次は女ですが、俯せのまま首を捻り私を捉えています。口からは体液の混じった芋汁が垂れていて衛生的ではありません。貧しい人々の自然のなかでの代謝は速いようですぐに中型の鳥らや雑食の動物が出てきて手脚を咥えます。まるで知りもしない鳥や動物たちが協力しているように、片方を押さえ、また別のがもう一方を引きちぎります。少しだけ哀れなことがあるとすれば、貧しい人々はこの鳥や動物の免疫に敗けていたことでしょうか。毒の染みた餌を口にしても鳥どもは喜んで健康になっているのです。

列からは少しずつ離脱者が黙って立ち去りはじめています。やっぱり私はそのひとりひとりを家族と思うのです。

信仰記　下

母の帰りはいつも遅かったです。母には一日という人間の規律がないのと同じです。一日を終わらせないことが信仰の極限の形でした。慢性的で重度の不眠症はたちまち母を精神的な病理へ引き込みました。いいえこれは父の言葉でした。僕は母の口で喋らなくてはなりませんね。母を愛していますから。

角

きみの角にぶ厚い雨雲が影を落とすので
きみは眠れない
きみの角をじっと見つめる男の名前を
訴えてしまったぼくは
きみの知らない町の角で
私刑にあう
ぼくは疲れ果ててからきみのところへ出かけて
男の刑期がいくらか伸びるようにと仕向ける
だけれどもぼくは
ぶ厚い雨雲へ呪詛をしていたから

我慢ならなくて
角を削ってしまうんだ
はっきりと鉄で
男を叩き殺す順序に
きみがある解答をもったときに
ぼくはすっからかんになり
きみと婚姻するだろうから

記憶のためのお山

雨のあがったお山の会話をきいた
ぼくに黙っていたことのぜんぶが
あの子にまつわるうわさとなってきいた
ぼくはうそだと思った
あの子は木や花の伐採者だ
お山はうそつきではなかった
あの子は黙って虫をふんづけた
雨のあがったお山は
ぬかるんでいて
とおくのお山たちとは都合があわなくなった

あの子はおばあちゃんの死のために
いくつかの花を摘んだ
そしていくつかを落っことしていった
つぶれた虫のうえにのしかかった花へ
風がとどめをさした
ぼくは知っていた
父親はきこりで
母親は占い師であることを
ぼくはあの子のいいわけでありたい

初夏のむかし
お山のはしっこに
かすかな手立てをもった少年が立った

休日

わたしは混凝土のうえへ横たわり
陽にやかれていた
子供を寝かしつけるようなしずかな風がやって来ては
大人びた視線でわたしのうえを過ぎ去ってゆく
　おれがだれの視野にも映らず
　おれがだれのこころへも印象を結ばない
そして虚無の迫害が汚染のように名残るのだった
青空へ関係をすべて溶かしてしまったあとで
くらやみのもっとも奥深くに沈むかなしみが溢れでる

生活者へのあこがれや
貧困に消えるすこしの衰弱が
乗りこえられてしまったのなら
わたしの居場所はどこにあるのか
　おれがここから書かねばならないことと
　おれがここによって書けなくなること
涸れたなみだからはじまらねばならない

生活のあとで

わたしはなみだを涸らさねばならないと走った　女はわたしをやさしく抱きしめた
往来はなみのように近くも遠くもあった　わたしはただなみだを涸らさねばならない
と走り続けて来た　愛と迫害の見分けさえつかなくなってしまった　ひとびとの歩み
へ加わり　手を繋ぎ　踏みあやまり　はげしく握り直した
わたしのなみだは涸れてしまった　生活だけがわたしを背負い　気がつくと脚がつか
なくなっていた
どこへ！
涸れたなみだのかたわらに立ち　わたしは詩をながしている　溢れでるはずのなみだ
へかわって詩が噴出する　詩に写ったわたしはどれほど貧しい姿をしていることか
この詩の出どころへ！

この詩の出どころへ向かわねばわたしはわたしへ復帰できないのだ

二〇二二年七月某日正午

今日のおわりには空が焼けるであろうか
動かない空気に込められた湿度のなかに
なつかしさはひとつも残っていないのだ
やさしい死に顔へ帰るわたしの無為が
少年の悲鳴をなだめる

そうだ
もしわたしの子供があれば
だれの悪さでもないと伝えてくれ

きっと妻の加害を知るのだから……

＊

無為を受けつけるだけの郷里が
ぼくには不在だ

悲劇の計量から
自由になってはならない
ぼくは
死に祟られた場所から
その場所だけから反敗をおこなう
それ以外はなにも
問うな！

＊

東京では
空が焼けた

いくつかの死に顔の素描のあとに
だれも残らなかった
正午だけはゆるく
曲がったかも知れなかったが
それも残らなかった

わたしはかれらの朝を忘れるとおなじく
少しだけやさしくなった

二〇二二年七月某日正午

生きちがい

灰犬は外壁へあばらぼねを鳴らし暗い路地のさきからこちらへやって来る　固く閉じた口は飢餓へのおそれや病理への不安が押しかためられていた　膿で潰れた瞳がじぶんの影のいきさつを摑んではなさない
剝げた肉体の臭いが酸化して町へ流れでる　肋にみえる吸気は他人のことばに埋め尽くされ、呼気は沈黙であった　この灰犬の死の欲動へ親しみをよせると夜が足速にさってしまいおおぜいの労働者を連れて朝がはじまる　町は灰犬の論理を嫌うが、だれもそこへ抵抗する慣習を生みだすことはなかった
風に嚙みつかれた痕がわたしの足跡へ重なる　往来が手負の風に接触するとことごとく歩行を折られた〈なぜ沈黙は風のなかで牙を剝くのか〉わたしの潔癖は傷跡へ触れることはなかったのだが、傷自体はわたしへの親しみを止めなかった

花で肉を切り
猛暑で蛆を喰い
枯葉でなみだをぬぐい
凍結に影をみつめる
灰犬は婚姻せずに死んだ　子犬の顔も見ずに死んだ　わたしはある夜、死臭につれられて町のできるだけひとの無い路地を歩いた　死臭の歩む路はわたしにはあまりにも既知のもので不感だけがあらたなものであった　しばらく歩くと死臭は立ちどまり、少し先の外壁をながめた　わたしはその郷愁へ触れないように視線を電線の切れ目から注いだ　じんわりと濡れ、町灯を吸って真っ暗になっていた
死臭はわたしを背景へ追いこす方法を知らなかった　わたしには灰犬の無声の遠吠えが聴こえる

近親相姦

部屋で揉み消された妄想は壁によりかかり男の青い顔をぼんやりと眺めている　だれもが男の妄想のゆくえを知らずに怯えるだけであった　町は一室からはなれ、陽はなんどでもその一室を照射した　ひとびとの通わなくなった道路には雑草が敷かれ石片には蟲がたかった　部屋は閉め切られ生まなましく健康から離脱した
男は疲労がよわったときにだけ刃物を研いだ　それは扉から漏れる光が無くなるまで続けられた　静寂がはっきりと聴こえたことに妄想は少しの不安を覚えたが、男が無心で立ちつづける姿にちいさな心配が及んだ　男にはもはやじぶんへ妄想の心配が及んでいる滑稽さを自覚するちからはなかった　妄想が揉み消された時点で男は現実へ帰宅する結末をもたない　男は妄想以外の実行を現実とするほかないからだ
あるよく晴れた日、妄想は激しい陽光とさわやかな風のなかで目を覚ました　しまっ

た！と妄想は叫んだ　扉の前に男を見とめると背後から鷲摑みにして故意にまた叫んだ
おれのない死刑があるか！
重なった住宅の屋根を眺めながら男はゆるやかなため息を落としていた　血は泡のように立ち、妄想は男のながめる遥かむこうで報告の用意を終える

感受性の花

ママがもう結婚した秋の前ぶれになって
あの頃の
住宅街に居なくなった飼い猫の歌を
口ずさんでみる
風には電信柱のさびたにおいが混じり
ゆるやかにくだってゆく坂の下には
なじんだ屋根が並んでいて
友達はみんな消えてしまったから
知らないはずの大人だけが
親しげな顔で無視をする

このままずっと帰りたい
できるだけ帰ってみたい
裸にされたような気温を抱いて
学校で死んだネオンテトラの話を
ママに教えよう

ねえママ
今日、学校でね
育ててたネオンテトラが
死んじゃったんだよ
一緒にいたタガメが食べちゃったんだって

ちがう

ねえママ
今日、学校でね

育ててたネオンテトラが
死んじゃったんだよ
男の子たちがみんなで外へ出しちゃったんだって

ちがう

ねえママ
今日、学校でね
育ててたネオンテトラが
死んじゃったんだよ
跳ねて窓から落ちていったの

結婚してもまだ

ママはだれとも話していないかも知れない
魚の口がついたように

ことばが気泡のなかにあって
私だけがただしく取り出せる
でもたまにイライラして
私が間違えたことになっちゃうこともある
ママはおなじことを繰りかえしているようで
どんどん傷ついてるのかもしれないと思わないように
年齢を隠蔽していた
何度かママのように跳ねて
窓から飛んでみることができたけど
理由をかんがえることに疲れてしまって
いつも空腹のなかでママを呼ぶ

私の年齢はママの年齢　と

口のなかのにおいにも
まだ恋人のあてどない怒りが残ってあって

舌でかますようにして住宅街の角を曲がっている
ランドセルを背負った女の子を
精神疾患のように大切にしている私が
ぜったいに犯してはいけない罪は
女の子へ追いついてその影を踏み
抜き去ってしまうこと
そうするときっと
私のなかの精神の構造が狂ってしまって
強姦や
あるいは
政治的な死刑に似たものを求めだし
幼児退行性の空腹に
がまんできなくなってすぐに
自殺を繰りかえしてしまう
そして死ぬことのない自殺者が
女の子の手を引いて

私の哀しみという感情へ鍵をかけに来て
しかもまたその足取りが乱暴だから
孤独や人見知りを蹴ったり
叩いたりする
でも実際は角の向こう側にはランドセルの少女はおらず
恋人が雨も降っていないのに
厚ぼったい傘をさして立っているだけ

ねえママ
ほんとうは
私、
結婚するの

少しだけ帰り道がながく感じられるとき
私はママに嫉妬する
それを恋って言いかえてもちがわない

いつかの真夜中、寝静まったパパへ
窓の外のひかりをあてて
その眠り顔を見つめていたママを知ってる
一度目は天国で
二度目が地獄
愛していると暗い部屋に息をしたから
不眠症がはじまったのよ
痩せ細った老いた木を目印に
家をおぼえた幼い私は
手を繋いで帰る苦痛にも
喜びにも独りぼっちに感じさせるだけの
恋があった
いまはもう枯れてしまって小さな家が建っているけれど
部屋の灯りはやさしくて
なかでは夫婦がひっそりと子供の話をしているわ

こんなに帰っているのに
懐かしさが込みあげてくる
思い出を逆さまにしたような空は
もうひどく暗い

Ⅲ　ヴェロニカ／ヨバブ記

ヴェロニカ

＊

暗かった——
聴こえるものは雑沓のなかに沈む
いくつかの涸れた声が捻髪音に思われた
貧しさが不衛生として身体を成り立たせることに
偽善がまったくとどかないのは
なにも
飢え死ぬ観念に生活力が敗けるからではない
ただ偽善が対自的な衛生の放棄によってだけ
美しく思われるばあいに

貧しさを殺してしまうだけだ
涸れた声に身体を想像して
失明者の幻覚の模倣を行う
雑沓に沈むあらゆるひとつの空虚はなにを
心へ求めているのか
暗さが邪魔をして遠ざかる

取り囲む音の分類はすでに終わっていた
内圧
生理
母
父
そのほかの宿敵
自然
他人のなかから聴覚的な味わいを選るのは
血液や神経の麻痺が頼りで

母の写しのように
敵は刻印されていった
光は看取りのようにやって来て
母の呻く音を縫うように複数の喜声が
裸を走った
じぶんは嬉しいとは思わなかった
吸気に敵たちを避けて来た風が潜り込み
母は遠く
失神していた
部屋は冷たく清潔さへ身を失った男や女が数人、
年齢にかかわらず悪毒い無視で未婚を経験した
ひとびとの音が口伝えにわかったとき
ヴェロニカははじめて後悔を血生臭い昨日へ
落とした

他人を甘やかしている

それも他人に赦されているということを知らずに……
暗かった場所はヴェロニカの意識と交代してしまった
病人が陥れられる看取りの失敗へ向けて数人が
やさしさを間違う
老人が死体にみえるといった思春期の医者だけが
深く傷ついている
（触らないでくれ）
（触らないでくれ）
嫌悪は暗がりからもどって来ると
かならずだれかを遠裂けるようでいて　親しく
わたしへ擦り寄って
もっとも言われたくないことを囁いて帰ってゆく
それをわかってくれるのは
泣きやんだあとの家族だった

失神は続いた

＊＊

乳母の肌の先に透ける生まの死体が
憎しみをもって腐敗するゆくえへ暗やみの未記憶の
解明を見たのは
どうすることもならない心のやさしさが
〈不〉へ沈滅する過程を予定したときとおなじだった
乳母が執拗に隠すのでなみだを遮っても
死体を凝視しなければならなかった
乳母の肌を境にして
加害と被害がまったく別のほうへ向かうように
ヴェロニカは霊安室から連れだされた
入れかわり立ちかわり化粧を剝がしてゆく手は
ヴェロニカにとって怒りの対象以外にはあり得なかった
やさしさがどうして敗北しなければならないのか
根源的なところから怒り狂う意識があるのならば

すぐにだって小さな身体を死へ近づける用意があった
乳母はだれにも聴こえない声でヴェロニカへ囁いた
それも風が偶然でしかわたしを撫でないように――
「ヴェロニカ。あなたは不幸以前からはじまっているの。お母さんが亡くなったとは知らずに、失神し続けていると知って、私の乳でうるおっているの。私はあなたが大切なのよ。私が母であるみたいな香りを独り夜、灰色のシーツのなかで味わうときが、じわりと汗の出るときなのよ。シャワー室の姿見に写る女性器と脂肪があまりにも母の若さにそっくりで、あなたの不幸へ過去を重ねるの。私はお金を貰っているから。あなたの見つめた疑いはどこへゆくのでしょうか。わたしは守る。あなたの未来を。」
いつしか歯軋りにかわって
石灰の粉末がヴェロニカの顔へ降った
唾液の臭いが帰って来た
黄土く　黄土く
裸にはあまりにも年齢が重く反応して
他人の　他人の
やさしさというものを〈不〉へ転移する逃げ方が

じぶんを息延びさせる原始的な方法となって
わたしの心のうごきを左右している

＊＊＊

ヴェロニカの好きな季節は
汗ばむような春であった
窓の外では産まれたばかりの赤ちゃんが
裸足で走り回っている
赤い花や黄色い花の隙間に埋め込まれた
茎の鮮やかな緑色を淵取る自然の線分はいずれ
あの赤ちゃんたちとともだちにならなくてはならないヴェロニカにとって
あまりにも怖しいものであった
だから汗ばむような春は
自然の線分を誤魔化し
花々の無頓着な美しさを茎に溶かしてしまう
そうすればあの赤ちゃんたちは自然と巻き込まれ

だれひとり残らずに原っぱへ消えてしまえる
わたしの赤ちゃんもそうやって花と茎の微睡みへ投棄ててしまいたい
食卓で乳母と父が談笑をしている

ああ
きっとわたしのことについて
話している

ひとりの逸れた赤ちゃんの母親が
原っぱを探して
窓枠の上を首だけで通り過ぎて行った
眼のような口がまるで家族を怯えたように感じられ
遊んでいたかもしれない地点を踵で
痕を着けて
小さな裸を湿らせた
火照った子供を探している

少し声を細めると
乳母と父は粘着質の音のなかで母の名前をもがかせたように聴こえた
ヴェロニカはまだじぶんの話をしていると思い込んで
土のうえに置かれただれかの母親を恨んだ
（わたしを探しに来て欲しい）
（あの赤ちゃんたちのだれかではなく
このわたしだけを）
そうやって耳を塞ぎ
懐かしさへ浸った

＊＊＊＊

懐かしさへ父が入ろうとしないのは
きっとあらゆる負い目が反復するのを恐れてのことで
じぶんでしたことがいつでも恥じて出ることは
じぶんが一番よく知っていた
だからといって懐かしさへもどらないわけではなかった

懐想は夢としてもあらわれれば
病理としてもあらわれた
ヴェロニカは父を夢と病理とのあいだに捉えているだけで
安心していられた
寝つきの悪いヴェロニカへ
乳母は古い物語をきかせる
ヴェロニカの受感する乳母の嘘は
声や肌の触覚だけで赦されるものになっていた

【ミヤマガフスの神謡】
ガララガララ　アー
ガララガララ　アー
　風のなかぱさぱさ
　土のなかぱさぱさ
いつものように畑へ溢れものを貰いに出かけました。
自分で飛びながら自分で降りるところを見てみると

大きなヒゲイノシシが横になっていて
人間たちが皆んな喜んで
頂き物をば喜んで頂き物をば山から来たと喜んで
女こどもも見物に騒がしく
畑いっぱいに溜まっている
「さっさとあそこまで行って
毛のなかに休んでいる蚤虫だけでもいいから
分けて欲しいなあ」と思って
「ここだよ！　ここだよ！」と叫びながら
風のなかぱさぱさ
土のなかぱさぱさ
飛んでいって近くに着いて見たら
ちっとも思いがけなかったのに
ヒゲイノシシが横になっているとばかり思ったのは
畑に人間の糞溜めがあって
大きな糞の山がヒゲイノシシだと思ったのでした

人間たちが頂き物を喜び集まって喜んでいると思ったのは
その糞溜めに落っこちた村で一番可愛らしい男のこどもへ
　人間たちが縄を投げたり竹を刺したりして
女こどももがんばれがんばれと声援しているのでした
　私は腹が立ちました
「言葉の遅れた意地悪い奴
言葉の遅れたさみしい奴
　羽毛の裏の薄い奴
羽毛の裏の腐った奴
　小さい穴から闇の出る奴
小さい穴から汚れの出る奴
なんとずるいことを眼としたのだろう。」
　それからまた
風のなかぱさぱさ
土のなかぱさぱさ
飛び上がると少し先に仮屋があって

人間が二人重なり合って睦言しています
「おや、春が来たのだろうか
もしや長らく恥ずかしがっていた男が
長らく恥ずかしがっていた女へ入ったらしい
早く飛び降りて
二人の囁きを聞きたいものだ」
ラララララーパカカと叫んで
風のなかぱさぱさ
土のなかぱさぱさ
一生懸命羽ばたいてゆくと
人だと思ったのは仮屋で拾い物をあさるドブネズミで
二匹が押し合うように卑しく穀物殻を目指している様子を
人間の二人重なり合って睦言しているのだと見たのでした
「言葉の遅れた意地悪い奴
言葉の遅れたさみしい奴
羽毛の裏の薄い奴

羽毛の裏の腐った奴
小さい穴から闇の出る奴
小さい穴から汚れの出る奴
なんとずるいことを眼としたのだろう。」
それからまた飽きずに
風のなかぱさぱさ
土のなかぱさぱさ
川の水汲み場まで跳ねて行ったところ
一人の老いた男が口を濯ぎもせずに
空や川の文様をなぞっていました
「きっと村の偉い人で同じになった妻の女を
村の裏側へ落っことしたのだろう
ああ早く老いた男の背中の後ろに跳ねて行って
ため息を聞きたいものだ」
そう思って
風のなかぱさぱさ

土のなかぱさぱさ
強く足で蹴って老いた男の背中の後ろにに着くと
老いた男はやっぱり村の偉い人でしたが
妻の女はまだ厚い羽織を通していて
老いた男が空や川の文様をなぞっていたのは
自分を林に追い返す鳥除けを工作していたのでした
「言葉の遅れた意地悪い奴
言葉の遅れたさみしい奴
羽毛の裏の薄い奴
羽毛の裏の腐った奴
小さい穴から闇の出る奴
小さい穴から汚れの出る奴
なんとずるいことを眼としたのだろう。」
ミヤマガラスは泣きたくなりました。

ヴェロニカは眠りへついた

（抱かれたことはあっても抱きしめられたことはない）
それがヴェロニカにできる裕福な嘘であった

＊＊＊＊

青空には雲が貼りつけられているように〈呪い〉は深刻であった
風のとぐろのなかに小鳥のあの傲慢な声が明滅し
春への同情が町から遠ざかっていった

＊＊＊＊＊

それを会ったこともない祖母の死の報せだと知るころには
ヴェロニカはだれかを好きになっていた
父は泣きくずれ
乳母だったひとはお昼ご飯の準備をしている
「やさしい人でしたね」――
乳母の嘘がぶつ切りにされた生野菜にかかった
部屋で父の泣き声を聞き続けるヴェロニカにとって

嘘はじゅうぶんに気を紛らわす素材であり
いつまでも育たない他人らが窓に写ることに
違和感なくはいってゆける用意もできた
父の脆弱な心理が
他人の嘘で流れることを
ヴェロニカはまた窓へ写すのであった
わたしの祖母への想像は
高貴さが土着によって汚されていた
それはまた土着が高貴さによって汚されたと反対にしても同じであった
田舎から東京へ連れ出されたことも
東京から田舎へ連れて行かれたことも
巡り合わせでしかなかったが
高貴さだけはかならず土着に敗れねばならなかったように感じる
想像の祖母が腰かけている場所は土俗であり
気高かった

想像の死は野蛮であったのちがいない
のたうち回わったあとに
親族の呪詛を父がいっきに背負って虚言する
祖父のなし崩しが空洞となって葬儀を押し潰すことだけがほんとうで
あとはすべて演劇である
ヴェロニカは静まった室温へ向かって
土俗的な救いを見積もる
他人がどれも鬱むきになって
親切さ以外を表現できないようにされている
やさしさが地に落ちたときの発熱を感じる
はじめてヴェロニカが知る底辺の世界は
美しさ以外なにものもない
ひとはだれかの犠牲や
じぶんの卑怯を加味せずにやさしくなれる
想像のなかで泣き
現実はやはり青褪めている

それが死をとりまく人間の土俗的な世界であった

わたしのために死んでくれたようなものだ
わたしのために死んでくれたようなものだ
ああ
わたしのためにだ

＊＊＊＊＊
少し離れた町の男の子が気になっていた
その弟のことはなんとも感じなかったが
その父のことは好きだった
ヴェロニカはじぶんの排便を見られたと信じたことで
離れた町の男の子を探し出したのにすぎない
——夢
（いつも性交へ到達しないまま）
自動車に対して鉄道がある

海の向こうはどこでも故郷だ
　つまり賃労働者には世界旅行の余裕はない

（父はいつも悪い対象を愛している）――これも癌病の理由

ある日、道にちいさな石がいくつか落っこちていた
それがヴェロニカには配列して置かれているとしか思えなかった
ただ確信を証拠にしているだけのわたしには
自然の偶然さは他人の関係を引き込む糸口となっている
離れた町の男の子がやって来て
石を意味ありげに並べて帰って行った
あらゆることが故意でできていて
身動きがとれない
恋心が妄想へかわるときや
異性がじぶんのなかから這い出てくるとき
ヴェロニカの気に入った男の子は当て所ない心配を持った

弟へも父へもうまく説明できないそれは
言葉をもたずして母が慰めた
ヴェロニカがそれからというもの
知らない母親に窓を覗かれたり
酷い場合平手打ちを喰らわされたりするのも
不思議ではなかった

祖母の老いがはじまった

夏

＊＊＊＊＊＊
いつまでたっても
ヴェロニカの背中には雨季の湿度が張りついていて
重く感じられた
〈呪い〉でさえ青くわたしを包んでいるのに

風は止まり
ある種の鳥類が特定の枝へしがみつき
窓の奥を覗いて鳴く
ヴェロニカを部屋から外へ追い出すのは
そうした鳥類の陰湿な眼や声であった

原っぱに敷かれた土の道を降りてゆく
赤ちゃんはみんな乾涸びて白眼で伺っている
こんなに晴れていて
どうしてみんなとともだちになれなかったのだろうか
花が飢えていたのではない
花は散ったのだ

わたしは土をかけてくれと願った

道端の灰色のひとたちはどれも徒罪者で

牢獄から原っぱに連れてこられている
一、どれほど花が苦役でも牢獄へ帰りたいと欲すること
一、花の手入れを入念に行うこと
一、害虫は殺さないこと
一、欲しいといった者には分け与えること
一、そしてその香りに浸らないこと
一、春のための準備をすること
一、痛みを思い起こさないこと
・ひとりは祖母が都営住宅を手配してやった浮浪者。ひとりは隼人とこどもらにあだ名を付けられた知的障害者。ひとりは知らない。ひとりは町を自転車で徘徊する近親相姦者。ひとりは離島生まれの共産主義者。ひとりは知らない。女。ちがう。ひとりは夏に肌着で素麺を啄んでいた老婆。
ヴェロニカは低体温の梅雨を思い出す
雨に衣服を濡らし
父や乳母は傘を差したまま先へいってしまって
独り排水溝へ流れてゆく鳥類の糞を追っていた

手が悴んで
髪の毛から滴る雨は目尻へ向かうことを好んだ
溺れたような視界に影となって消えてゆくふたりを
呼び止めることもなくみつめた
そのまま塵屑や枯れ葉が渦巻くなかへ
鳥類の糞もヴェロニカも混ざってしまった
——梅雨と耳のあいだに父の声がきこえた

＊＊＊＊＊＊＊

ヴェロニカの知らない場所は海であった
乳母だったひとも海の話をしてくれたことはなかった
それにくらべ父は海のそばで育った
夏はそのまま海を被り
裸の記憶が抵抗なく同性へ馴染んだ
海へ一羽の鳶が落下してゆく風土を畑地からながめ
祖父母は死の終わりを夏へまたいだ

しかし父は海を追憶のなかで肥大させるばかりで
ヴェロニカにはなにひとつ知らせなかった
わたしが夏へ血の乾いた臭いを印象するのはそのためだ
天皇も暑い夏の夜へ精液を蒸発させただろう
　　　　　子供を産むために
盆に集まった親戚が色気狂いという言葉を過去へ笑っていた
恋愛妄想が治まる時期が終戦を招いたと転位した
　泥の音に
　村落共同体の夜と
　朝とが
　団欒と破局とで口の孔に
　眠る浅い意識が
　なみだの模倣を終わらせる
　帰って来ない肉親と
　家から出ない肉親とが霊の颪に涼み
　破られた儀式を書面に起こしてしまう

泥の足音が
晴れたはがねの空から
拒まれて
母の手から滴れる
その死体
歌をわすれ
ただ泥のはねる音に
謝罪を聞くには村落共同体は
あまりに病んでいる
需要曲線の末端に引っかかる
若かった声のすくい
さみしい家族の
祈りくたびれた土葬に打ちつける
陽射しが
肩を組んだ男の汗から
塩を盛る

泥の乾くのにどうして
薄い老婆の摩擦音が必要か
始発が見えない
あいたい母胎の
やみにのぞく虐待
泥に泣く村落共同体の
　失敗
ヴェロニカは知らされなかったが
父の訛りから不自由であったのだった

＊＊＊＊＊＊＊＊
夏は終わらせない限り続く

通り過ぎてゆく電車の顔と顔と顔が
あまりにはっきりと目撃されるので
ヴェロニカは怖くなった

そう思うと警笛の繰り返しは意識を妄想へさそう
だれも居ないとき
薄ら曇った日
若い頃の婚約していない父と母が遊びから帰って来る電車に
わたしが飛び込む
若い頃の
まだ婚約していないいずれ
父と母になる男女が
遊びから帰って来るために乗った
電車へ
飛び込む
若い頃は
まだ未婚で
男と女は愛し合っていた
休日に歓楽街へ遊びに出かけ
余韻と少しの疲れをともなって

乗り込んだ電車が
踏切へ差し掛かる　そこへふと倒れるようにはいる

意識を失うちょうどのところに
知らない記憶とぶつかる父がいた
それはあまりにも衰えていて
ヴェロニカはたいせつなひとの癌病のさきをかいまみたような気がした

（ぼくにまだあのところまでゆくことができるならば
もう少しだけこのはまべにいてもいいんじゃないか
ぼくの幼いころのまぼろしが
立体的な影になってあだかもぼくのように
青くろい空を喰らって
不味そうに顔をしかめている
もう　終わりにしたっていいんじゃないか
ぼくはただぼくよりもすぐれたところへ

すくんではいってゆくのだし
きみはそれをやさしく手伝ってくれるだけだ
だからぼくがこのはまべで
くずれたり歪んだりする果てをとめるなんて
まちがっているんだ
だれでもはまべにじぶんのもどる場所を空けたまま
二度ともどって来やしない
置いてゆかれた足跡に少しだけたまった海水をみているのが
ぼくにはたまらなく苦痛なだけなんだ

ぼくはかならずそのままあのところまでゆく
そうしてきみはぼくをやさしく迎えればいいんだ
あとはもどるところがくだけるまでなんだから
このはまべは夜になったら
ねむりや少しの傲慢さをゆるす余裕に欠けてしまうのにきまっている
きみはぼくのことを知りすぎている

風となみのおとをたよりにして
はまべを目隠しで歩けるように知りすぎている
たぶんきみは
ぼくが風のようになみのうえを這って
影にぶつかるときの音がこわいだけなんだ
でもやさしく迎えてくれるだけなんだ
）

父の海はかなしかった
わたしはそのかなしみを叶えるほかに
父の死を待つことはできない
ヴェロニカは幼さと先取りされたような自意識から
父の病態をさとった
父はよくヴェロニカの頭をなでたが
その回数ごとに乳母は忘れ去られていった
つまり父へ感じていた乳母の虚偽が解体されて
母の失神を受けいれていったのである

暗さをじぶんに発見することはそのまま
母を反復することになり
母の代わりをしたひとはゆっくりと退場するほかなかった
父がどう告げたのかは知らないが乳母は
「――〈業〉――」という一言のなかに去っていった
その後は彼女の幸せな家庭が父の空想のなかに立ちあがり
乳母などいなかったのだとヴェロニカは改竄を受けつけた
それがなによりも内側に破綻したそれぞれの家族を
荒だてない唯一であった
ヴェロニカは「――〈業〉――」という音韻を海へ類縁させることをして
けっしてその一言から乳母の母の部分を
抜きだす真似はしなかった
また乳母の女としての手触りを思い出し
そこへ眠りにつくこともなかった
父への嫉妬をできるかぎり不倫へちかづけることで
母をまもり、あだかも家族は

父のひとすじの愛によって貫かれていることを偽造したのだった

ヴェロニカのこころの不調は初潮をともなってあらわれ
じぶんのかかえている不安がじぶんのものでないことを知った
暗さは母のものであった
あたりは敵にみちていた
乳母がことさらに夫へ甘える姿が想像できた

＊＊＊＊＊＊＊＊＊＊
意識がもどるころにはヴェロニカの青年期は終わっていた
疲れ果てたミヤマガラスが巣から枯葉の落ちるのを見つめている理由を
窓辺でかんがえている
賃労働者が慣習的に底辺を忘れてしまうのはなぜだろうか
底辺とはなんだろうか
わたしもそのひとりだ
ヴェロニカは他人のふとした一瞬のかんがえに想像をよせた

もはや窓のむこうにある自然はヴェロニカを触発せず
晴れた空の〈呪い〉は解かれたかに思われた
朝と夜の二度外を通りすぎる男たちの列のなかに
きっとじぶんの初恋の少年も加わっていることがうれしかった
それを思うたびに少年の父が死んでいることを願った

ヴェロニカ、わたしはおまえに謝罪しているんだ
ひとりで雑木林のなかを歩き
ひび割れた幹で身を削った過去に
おまえが遊んでいない
おまえの母もそうだ
肉付きのない過去がわたしを謝罪させるんだ
おまえを産んでおまえの母が死んだとき
わたしは驚くことができなかった
おまえはわたしの帰りを待っていてはだめだ
〈わたしをこれ以上吊るしてなにが滴る

愛でてきた羽虫が一斉に散り
数秒後に力尽きて落下する　これは必至だ
縄を解け
爪先から乱雑にまわった分厚い縄が邪魔だ
わたしが吊るし終えたら婚姻へ向かわねばならないのだ
滴れたものはすべてくれてやる〉
ヴェロニカは暗やみの奥からなにかが引きかえって来るような意識から
子どもが支えている家族の関係を飲みこんだ
飲みこむほかに手立てはなかった
そのように育てられたともいえるが
男の卑怯を追い立てることが不倫の手続きにふくまれていないことが
ほとんどだった
父の見苦しい死の劇はあだかもじぶんから
じぶんの正当を振るいおとす経過のようであった
父は話しつづけた
ヴェロニカはできるだけ聞きつづけた

＊＊＊＊＊＊＊＊＊＊＊
ヴェロニカが聞くことが赦すこととおなじであったと気がついた頃は
世界をはだかにしてしまうことを目指してはならないことへ昇華していた
木枯らしが造花を凍えさせる季節が
成熟の背中をおす
わたしの〈不〉はどこへいったか
夫が窓を降ろすと外からはいって来る細い風は止んだ
ヴェロニカは結婚していた
それは新しいことではなかったが
ヴェロニカはじぶんの半生へひとつの隠蔽をほどこした無意識を悔やんだ
それは靱性補強を怠った建築のように
衝撃にもろく立ちあわねばならなかった
ヴェロニカは少女期と壮年期へ架橋する段階を隠蔽したのだった
もはやそれを自体的に回想するちからに欠け
またひどく嫌悪さえした

だがそれはヴェロニカの生活への果敢な復帰でもあったのだ
わたしはそう言わねばならない
暗さを強制された人間が
その轍に沿って歩んでゆく過程で
どれほどの裏切りを受けつけ
あだかもじぶんの過失として生きたことか
ヴェロニカの隠蔽のあとに残る生活はまもられたものなのである

ヴェロニカは夫が男たちの列へくわわって歩いてゆくのをみとどけた
そこへは冬を待つ細い風がながれていた
父の声は小さく
遺影には弱い陽が差し込んだ

＊＊＊＊＊＊＊＊＊＊

父の花

花の臭い
赤く口のきかない花の死の臭い
わたしの歩む季節に付き纏う死臭と
体臭の交差値が
零になる
まるで生理のように
肉へ肉を噛ませて
消えてしまいたい
血のついた手のひらで零を
磨潰す臭いが陽霞となって
わたしを現在から退かせる
鍬を土へ垂らして立っている男はきっと
父に限られていて

寝かせてやってくれ
寝かせてやってくれ
そうやって穴を掘ってきた
わたしは母のように鈍いひかりを反射させる
父の掘った穴は深かった
母にだけ見えて　わたしだけに見えるもの
しかしこの穴では
わたしが摘んできた花の死骸は埋められない
凋れた花弁や膿んだ葉緑体の臭いはおさまらない
わたしに感情の表現の手立てがあれば
こんな晴れた空の下を
どこまでも歩まなくてよかったのに
こんなにだれもいない花の果てで
なみだを殺すことなどなかったのに
終わりのない時間！
母だけの知るわたしの弱視！

わたしの来た路はなくなってしまった

迎合

吊るされた
まだ陽の沈まない部屋で
窓の外は
数人の小学生が斑に声をならべている
わたしから冷たくなってゆく部屋
わたしから冷たくなってゆく窓

あと少しで
きみたちの遊びをうばってしまう

帰らなくていいのなら
もう少しわたしをひとりにさせて

春

わたしは町に首を絞められた小鳥です
飛ぶときはいつだって不幸に羽を使います
ある日、わたしはいつものようにできるだけ
不格好に軒のうえを飛んでおりました
すると少年が虫網でわたしを捕えようとしていました
虫かごには砂利や枯れ木や食べる気も失せる昆虫が死んでいました
捕まればそのかごへぶち込まれてしまう
わたしはひるがえり
顎から胸そして腰から足先まで

きれいな曲線で空をかけました
しかしふと虫網を見ると
網は破れていて柄は弱っておりました
じぶんの軽やかな身のこなしがあまりにも貧しく思え
羽を閉じてしまいました
浮力を失ったわたしはそのまま少年の虫網へ
おっこちてゆきました
少年は汚れた手でわたしを握り
虫かごへ寝かせました
わたしは少年がばい菌に侵されないか少し心配になりましたが
抵抗せずに拾い物の仲間になりました
もう二日は経ったでしょうか
わたしは虫かごのなかで砂利をまくらに横になっています
少年はわたしのことなど忘れどこかへ遊びに行ってしまいました
どうか褒めてください
わたしはまだこの死んだ昆虫を口にしていないのです

そしてあの少年が
生きいきとした芋虫を連れてやって来ると信じているのです
空の飛びかたなど忘れてしまってもかまわないのです

〈ヴェロニカの詩より〉

ヨバブ記

＊ヨバブとは、ヨブが悪魔に意地悪をされ、妻や友人、神にまで虐げられることになる以前、土地に固有な場所を崇める農業共同体の王であった頃の呼び名である。それは遺訓というかたちで聖書の外典偽典におさまっている。後代に正当とされる支配的な旧約信仰へはいることで神よりあたえられた名前がヨブということになるが、共同体固有の偶像を破壊すること、それはそのまま農業共同体の解体を意味していた、そういった幻想の過渡期へ立ちあったのがヨバブということになる。わたしがヨブではなく、ヨバブを採用したのは、名前が手垢にまみれていないだけではなく、聖書的な神からも自由であったからの理由にすぎない。ヨブ記を被支配共同体の呪詛のように読むことが赦されるのなら、たとえばカナアンの農業生活へ結びついたバアル信仰が旧約の神に乗っ取られた場合のすみやかに血や叫びへ向かわない陰湿な迫害意識の内面化はわたしの感性を触発した。わたしの詩篇はただヨブの過去へただよう陰湿な心理の影に親しく、それゆえに共同体の運命のようなものからは逃げかえっている。

1.

踏切のなかからきく電車の騒音は心地よく
枯れ草をゆらす

隙間から覗く通りすぎる他人の足並みはいそぐことなく
ゆったりと風を巻きたてる

(もうここらへんでおしまいにしようか)

老いただれかの声がする

2.

妻はわたしの背後か
　　頭前かわからない位置にいて

〈私を呪って死んだらいい〉とひび割れていました
幼い母がわたしに甘えるような狂おしい声をあてがい
反響させてみることで生活の果てへ近づくのなら
老いに先立ってやって来るものに
わたしは妻を犠牲として捧げてきたのです

晴れた日に影を覗き
影とわたしとのあいだにある灰色の世界へはいってゆきます
そこには静かな寝息を手放したおまえがうなだれている
足もとへ腰かけじぶんのもっている
できるだけの過去を並べあげました
おまえはいつだってまだたりないと云ったから
出逢うまえの独身者の過去さえおまえへ向かわせます
わたしはなみだをじぶんで選ぶことができないから
卑怯ごとを演劇のないように続けてゆくのです

鳥が数羽亡くなるまで
独り言は止みませんでした
夜になれば当然に影は消えて
わたしは暗闇へ倒れてゆきます
口がわたしの背中のほうへ言葉をずらすのがわかりました
(それが妻への叱責に代わるためには、門番の女のしたことをあだかも妻のことのように思いちがえる必要がありました。わたしの陰湿なころが他人を毛嫌うたびに門番の女は恥ずかしく思っていたのでした。妻はわたしの言葉を喋ります。門番の女はわたしの知らないところで鳥の掃除をしていました。)

3.

わたしの嘆きのせいで妻がゆっくりと休むことができないのではないかと悩みます
そうです

妻は死んでいます
独り言はひび割れを埋める喪です
妻はわたしの卑怯を
咎めません
わたしのすることはすべて裏切りなのです

4.

翅の毒虫にだれかを殺すだけの意識があったとすれば
ゆるやかな線を湿度が凍る空気中に描き
風が弱体化して降下するちょうどのところが
人間の皮膚のもっとも脆い部分だったのに過ぎない
しかし陰湿な視線は
羽音の残響と空気中のかすかな鱗粉の経過へ
必然的な死を眼差す

ヨバブ記

陽に焼けていない色味から
しずかに冷えてゆく裸はさすられて
いつのまにか触れてある手を
他人のものと感じちがえる
乾燥した肌と肌がすれ合う音がだんだんと熟れてゆく
腐ってゆく
死んでゆく

毒虫の喰む音が
〈ワタシノツカレヲシラナイ〉
〈ダレモ…… だれも……〉と
皮膚の裏から耳へ響いて来る
翅をじっとりと濡らし
飛ぶことの無くなった毒虫が時おりみせる笑顔を想像すると
じぶんがだれかに媚びる姿を思いだす
あるいは年老いて

独身者が若者へ笑いかける不気味さを背中へかんじる
音は左右別々に生じて
たまに重なる
〈ワタシノ〉と
〈ダレモ……〉が重なったりする
そこへじぶんの発語が加わると
もうじぶんへ帰ることは不可能になっている

卵が孵化すると芋虫が数を失って並んでいた
でっぷりと養分を蓄え太り
時間の浪費を死への発達へかえているとみなすのには
あまりにも苦痛が大きかった
筋肉が少し収縮すると芋虫も群れで動いた
暗がりにも影の一群が波打つのは想像できた

寝返りをうつと

無数の芋虫が床へ落下して
もぞもぞと動いていた
かたわらの肉が歯に触れると迷うことなく
喰いついた
傷口から滴れる液体は
芋虫の数だけ量を増していった
冷たいなかに鼻を眩暈させる臭いが漂っている

——だれかわたしを止めてください

体液に浸る肉体を詰まらせて暴れる
それを窒息と呼ぶ
ひとつをつまみ上げ
身体に空いた穴へもどした
またひとつ
またひとつとつまみ上げては

向きをそろえて穴へ並べた

またひとつ
またひとつと重たい寸胴をつまみ上げ
穴へねじ込んだ
痛みなどはもう寄っては来なかった
またひとつまたひとつと

気がつくと陽が昇っていた

芋虫が溢れ落ちぬように横たえるせいで
褥瘡は悪化し骨を覗かせていた
床まで朽ちている
途端に恐ろしくなったのは
この芋虫が蛹を経て一斉に羽化したあと
そのいずれもが一室で滅びてゆくほかないのではないか

つまり
みっちり窓硝子に張りついて休み
腹をすかせればわたしの傷口にたかるようなことをせず
一匹一匹がただ餓死にしてゆくのではないか
そう思ったからであった

青空の前を町が通り過ぎているなかに
死んだ妻をみる
もう追うことのない視線は真っ暗になり
肺のあたりで成虫がはねる音をきく

5.

「見殺しにされた雛の嘴から哀歌が流れる
あいつらへ加わって骨や蛋白質を砕いて来たおれは

罪人として生きてゆくという約束を破り
雛を抱きかかえるようになってしまった
おれのおれへの迫害と
あいつらのおれへの迫害とが
区別できなくなって
おれはとうとうおれへも
あいつらへも手をかけることができずに生きてしまっている」

6.

灰色の空をしばらくながめていると
〈悪魔〉のようになって
風で電線を揺らし
若い細身の鳥を叩きおとしてしまう
子供たちの帰宅に紛れる知的障碍者の発声に

意味をあてがうとまた
〈悪魔〉のようになって
激しい風に煽られた自動車が
横断歩道を重たく通過する
遠くマンションの人影が
欅のなかへ眩ます
雨がひとしきり降って
冷ややかな風がわたしを呼びに来る
素足を凍らせたことで
どこへもゆけなくなった妄想は
〈悪魔〉のようになって
息を止めたり
目を瞑ったりする
部屋と空の境目を必要としない場合に
いままで養ってきた町への
色覚的判断は退化をまぬがれない

〈悪魔〉のようになって
町を歩いてみたいと思う
生者も死者もおなじく跨ぐことができる
温かい足取り
柔らかい思考
薄明かりが壁を這う
妻がわたしの部屋へはいって来る
それはいつもわたしが願うちょうどのときだ
〈わたしを特定してくれ！〉というように
雨脚を風が掻きたてることを
わたしたちは知らない

7.

凍結した町に他人の熱が遺っているような気がする

わたしはまだ離れていない
苦しさとか
痛みといった類の
わたしを強いる他人らで構成された闇が
生理的な過程に出現してしまう
いっさいの偽装を
他人らが無縁の自滅で示すような
朝の場面
わたしが離れられないのは
もっともさみしい人々がよく穢れていることだ
毎晩テロルの夢をみるように
すれ違う他人らの独語を調べてきた
口を開かない者へは執拗に妄想が迫った
それも追跡妄想のように迫った
たとえばあの脚萎えの音が町から消えたのなら
幼少期にかならずあったはずの虐待を

家屋に読めばいい　（砂埃の詰まった）　（緑色の死骸）
脚萎えの父は言い訳をしないで
時おり玄関に立っている
また時おり玄関に立っている
寝たきりであるか　看取りであるか
わたしは
父のまえを通過するのか
また時おり玄関に立っていて
わたしを
父の眼が通過するのか
わたしは離れられずに
口を開かない者の思考は
たえず窮屈な呼吸に慣れてしまっている
時おり玄関に立っていて待っている
じぶんでしたことがいつもだれかの赦しのなかにあり
だれかのしたことがすべてじぶんでしたことのように

感じられる妄想は町を時おり
憎らしい世界へかえてしまう
憎らしいというのは
けっしてわたしが憎らしく思うようにはできていない
たえず町はわたしを迫害しては
あの灰色に崩れた景色をのこすのだ
はたしてじぶんでしたことはどこにあるのか
たとえばわたしの発語が町から消えたのなら
該当するあらゆる障害者の発音を集めればいい
失語のまえにある
いくつかの遅延した断片には
唾液の付着や尿の乾いた臭いがあるはずだ
(もし仮にあの吃音が鼻唄から民謡の歴史をひとりでに過ぎ去り)
(ひとりでに家出をして歌謡を締めだしていたのなら)
わたしへはなしかける他人の
ゆるやかな虚栄は

わたしを
じぶんのするできるだけの欺瞞がじぶんから離れられないように
風となって人格へ沿うように落下する

8.
癌の影印を生きる胎児が
老いと夫婦とのあいだで窒息しかけている
だが、胎児だけがいつも苦しいと思ってはならない
胎児が老いて夫婦を癌として煮詰めるとき
もっとも苦しみに溺れているのは母だけだ
癌の影印――胎児の死体を抱えた息子の耳に憑くものは「だれよりも具合が悪い」という母であり、胎児の死体を抱えた息子の目に憑くものは「居なくなりたい」という母であり、胎児の死体を抱えた息子の口に憑くものは「残酷にならなきゃだめ」という母であり、胎児の死体を抱えた息子の鼻に憑くものは「十分な稼ぎがある」という

母である。

ここで〈母の無意識はいつでも死にたがっている〉という声を――
胎児の病因へ投げかけてみる
筋肉の弱体化に比例して脂肪が増加した身体が
かぞくだけをじぶんとして生きている
夫婦の老いはかならず胎児からはじめられ
母を巻きこんで終わる
息子が刺激できるものがあるとすれば
無意識の死と生理的な死とを接合して放さないように
そしてまた母の自由のための生理的な死の想像と
胎児の死体がもたらす母の失墜とを相互に隠ぺいしておく
そうした最終的な帳尻から逃れることだけだ

にくしみも
またいかりも　ないというのに

じぶんの望みがいろあせる

癌へ家族がもたらした栄養は
いつも病者の表情にあらわれる
癌の影印——病者の表情へ手をかけることは最終的に家族の解体を引きうけることを意味している。それは憎しみや怒りで受け入れても、やさしさや喜びで受け入れてもちがわない。病者の表情はたえず癌へ供給してきた家族の栄養から来ており、母や息子がその表情へ必然的に反応させたものはそのまま家族自体を映しだしている。
病者の表情もまた家族だ
元気な病人の〈母の無意識はいつでも死にたがっている〉という沈黙を吸った
死期の団欒は
母の眠り姿にしずかにおさまってゆく
息子にはなくなった甘える権利を胎児は続ける
突然死のない世界を祈れば
寝返りのあとに死体がぶれる
母の邪魔をして死んでゆく胎児を息子は抱えるのだ

癌の影印——ゆっくりと埋葬する未来や激しくたたきつける埋葬の未来など想像する
こともない。母のいない胎児や胎児を失った母のどちらかもまた想像することもない。
想像すべきは息子の婚姻とそれに伴う夫婦の老いなのだろう。
　　息子だけが残虐だ

そうでなければ
どうして
家族を創れようか
父と
母へ
刃物を手にした息子でなくてどうして
夫婦の老いの行きづまりを語れよう——刺して、
　　　　　　　　　　　　　　　　　焼いて、
　　　　　　　　　　　　　　　　　黙って、

癌は治らなかった

9.

婦人が通ってゆく
少し遅れて梅雨が通ってゆく
風の吹かない湿度のなかで
路端に羽虫の死骸が落っこちる
まだ若いヨバブには
それはあまりにも羨ましいものであった

10.

おさないわたしを遠くへ追いやって
鳥のような影で飛んでいったものは
いま、電線と雑木の隙間にある住宅地からこちらをうかがっている
鳥が背中へはなしかけ
無視される町はいつしか叫びだした
〈早く国家をつくらないと!〉
土を喰うおさないわたしの受けた迫害は
どうしてもやさしさのほかにはあり得なかった
町の私刑へ加担したわたしにみえる
やさしさの真景は
黄ばんだ歯茎で甘えていた
〈早くオガワの地に国家をつくらないと!〉
無しくずしになったものは
病める大衆ではない

そこには糖尿病患者があったし
鬱病患者があったし
犯罪者や障害者があった
おさないわたしを追いやって
わたしがようやく触覚できる年齢になると
わたしは原因を過失へ転化するように
住宅地へ視線を感じなければならなくなった
〈オガワの地に国家を築き
　王を除くだれもを
　雑木林のなかで虐殺しなければ
　ならない！〉
さもなくば、
おさないわたしの経験するながい人身事故は
救いようのない自意識の暴逆に看取られながら
手遅れにならざるをえなかった

――――――――――――――――――「青年が刃物を持って暴れたという報道を知る。血の中で空を眺めていたところを数人の屈強な男たちが取り押さえたらしい。ふと息子のことを考えたがそれを遮るように具合の悪いときの蒼白い妻の顔が出て来た。その青年は私によく似ていたかもしれなかった。」

（ヨバブの手記より）

11.

ヨバブは若い詩集をじぶんのためだけにつくったという
――嘘
を恋人には黙っていた
ヨバブには町を歩くための杖が必要であったし
またたれにでも通じる加虐的なことばが入用であった
恋人はヨバブの若い詩集に感動もしなければ

影響も受けなかったが
ヨバブはそれを「女はだれも
ただひとりを愛せない」といった
形而上学的な理由からやり過ごしていた
ある日、ヨバブはおそろしい経験をしなくてはならなくなった――

恋人はヨバブの手紙を何度も読みかえしては
ヨバブ自身の幻滅をみつめた
〈それは私自身の消滅であり
　私と彼との永遠の解消である〉
しかし幻滅は訪れないようになっていた
ヨバブの努力と執拗なやさしさが食い止めていたからだった
〈破局〉へ出入りする恋人はかならず振りかえる
手紙に含まれるヨバブの無意識の呪詛は
なん度も裏返された恋心の結果であって
婚姻と殺人の境界にまで達してあったために

なみだへもえがおへも誘った
そのうちに詩集は手紙の下へ埋まっていった

ヨバブが真剣に詩を書くばあい
実存的な不安がつき纏った
あたりが恐くて仕方がなくなった
不安は検閲なしに死へはいってゆく
じぶんでじぶんを言い当てることができる
それがゆき過ぎるとかならず発語に障害がおこった

〈起源的な破局が関係の核にそなわっている女は父を配偶者として婚姻儀礼へ参加させる。父が一向にじぶんの関係を性から独立させようとはしない、むしろそのなかへ身を投げることによって娘は母親として認められる。ここから不倫を導くことは容易い。男が二番煎じを免れることができないのはそのためだ。男女の関係を起源的な破局に据えるならば男は女の不倫のなかに生き、母を求めて死んでゆく。独りであるのはいつだって女のほうなのだ。〉

ヨバブはいまでも恋人が
他人の届きがたいヨバブの心意へ到達すると信じている
その反対側に
だれもじぶんへ到達することができないという
詩的な確信が横たわっていた

わたしが罪と思うことを
罰と思う恋人とそのはんたい
徒刑や地獄という標語にとり憑かれた

12.

ヨバブの若い頃はよく深い森のなかにあった。森は湿度が高く霧に覆われていた。もたついて流れてゆく風のほかにヨバブの足音を邪魔するものはなかった。それほど静まりかえっていた。その静寂がヨバブにはどうしても入用であった。

ある日、手紙を抱えて森の目立って陰湿な場所を歩いていると泥濘に足を取られ手紙を沼へ落っことしてしまった。宛先人が膝からゆっくりと崩れてゆくように手紙は沈んでいった。ヨバブは出すまいと思っていたがいざ手元からなくなると途端に寂しい気持ちになった。そこにはじぶんのこころの動揺が大袈裟に書いてあったからだった。手紙はゆっくりと沈んでゆく。

手紙が沼底に着くと顔も知らない娘らの笑い声がかえって来た。娘らの笑い声は森のどこへも心当たりなく無遠慮に高く重ねられた。あたりはすっかり暗く、ヨバブはただ沼底から聴こえてくる女の笑い声だけを呆然と見つめる以外にすべがなかった。またそれでよいのかもしれないとさえ思った。

ヨバブはその翌朝に行方不明になったという。

13.

雑木たちの汗で林が蒸している
土にもがく陽片の口が水を欲している最中を
わたしは巡礼者のように歩く
そのときばかりは飢えていて
野火止に打ちあげられた鯉の腐乱や
甲虫の頭部を羨ましく思う
風が吹くとあたりがゆっくりと固定されたまま動く
身体がそれと逆さまに釣られ
膝を負傷してしまう
汗腺が溺れていると雑木の朽ちた視線が
野草らの葉脈に落ちる
わたしは身体を根に縛られ雑木の腕に脅される
葉と葉が重なっては影をつくり
葉と葉が遠ざかっては光を逃がす
影と光は死に死にと灌がれる

脳や睾丸を透過して土へながれてゆく
死に死にと
雑木林の明滅はもう支えることができそうにない
わたしは背中の冷たさのほうへ
おなじ聴覚の論理で死に死にとながれてゆく
あだかもだれか知らない人物が
わたしの表面を徒歩してゆくことを無意識に期待しているように

14.
泣いている死神の背中をさする
夢と病床のあいだ
子供ははやく家に帰りたがった
あるいは
行方不明を信じる母親の触覚は

わたしの航路をまちがえることなしになぞった
それが
老いた皮膚が吸った部屋の静けさから
啜り泣く声を幻聴する方法であった

15.
夫が
妻の毛深い太ももを
不用意に撫でしりぞける時刻
うまれてくる子供はしずかに泣いている
おまえは妻の眠りをさまたげることだけはするな
不幸があったのなら家へ帰って来ればいいのだから
妻はゆっくりと寝がえり

夫へ背をむける
ながく喋らない
耳だけの時間がおれをとおざける
おまえはじぶんの原則を下まわって生きろ
妻はまだめざめないのだから

母を看取ったあと
少ない賃金で喰らう食卓は
終わりがみえなかった
おまえは疲れてしまい
いつしか家の解体のことをかんがえる

妻がおれを呼んでいる
おれはその声を老いた父へと聞きちがえる
おまえはなにも怯えるな
まだ瓦礫の下で生きているのだから

おれはどこへくいちがっているのか
おまえなら答えられるはずだ

16.

橋上駅舎を降るとオガワの往来人たちは
盗賊のようにわたしを睨んでいた
飼いならされない怒りは生活の無意識な
圧迫のなかからやって来た
疲労した肉体の怠さをいまにでも
恐怖へと重ねてしまうことのできるわたしには
かれらの眼差しをしりぞけるだけの余力がなかった
あるとしてもおなじ視線から普遍的なことを
暴徒として告げるくらいであった

たえまなく隣接する往来人のわたしへの視線を
頭上でかわしていたのは
いつだって乞食の群れであった
かれらに慰安がせまるときは挫折に終わるので
わたしの過去にははっきりとした筆圧の希望があった
それはじぶんがいずれあの乞食の群れに入ってゆくというものだった
乞食たちはわたしに関してなにもかんがえをもたなかった
零度と灼熱への親愛は空想に過ぎなかった
ただ人間はだれへも影響をあたえることはできないということが
粗雑に置かれているだけであった

橋上駅舎を降りると混凝土の焼けた臭いがした
割れた家屋が黒くなっている理由を
夜にしがみつく陽やみにながめなければならない
オガワの往来人が少し遠い

そういうときの乞食たちの眼は寂しそうにこちらへ並んでいた

わたしの受感性にかかわりなく
灰色へ閉じられてゆく
貧困も
あこがれも……
涸れた尿に大衆の自己嫌悪がぶつかったあとに
遺るオガワにも私語の風は吹く
わたしを忘れ
少しでもやさしくなった夜にちがいない
そのなかへ妻が幼い子供の手を引いてくわわってあった
わたしはその背後をゆるやかな曲線で追いかける

17.

あばら家のなかから流れ出てくる声は
〈金の必要なひとがあれば少しだけ差し上げよう
　祝い事があればたらふく金を使うに決まってる
　きれいな女があれば散財してもかまわない〉
と息を引き取った
花壇は落とし物や塵屑で覆われており
どす黒い液体がじわっと垂れでてかたまった痕がある
柔和な奴隷がそこを通って声に気をとられると
裸足がかかとから液体の痕に乗った
皮膚の溝丘がはっきりと痕へ押し込まれ
奴隷は姿勢を崩した
あばら家には老人の冷たい室温のなかに
息子のいびきが残っていた
風で花壇から塵屑がひとつ落ちる
奴隷は裸足の裏を気にもとめずに

一回だけ振りかえると
働きへ急いだ

18.

男性器の味を舌へ湿らせた男を
背中で送るばあい
まだ若いヨバブは壁にむかって黙っていた
壁はなにも映さずに
いくつかの細かい傷に肉片を挟み込むだけであった
若いヨバブには慣習的な理解から肉体が落っこちるのがわかったし
性的な接点からじぶんの由来も落っこちたのがわかった
滴る液体はいずれもじぶんのものではなく
帰宅した男の残した唾液だけがじっとりと絡みついていた
腫れた肛門から身体の構造上の自立が促されていると思うと

ゆっくりと壁へあたまをあたえた
肉体とその身の由来の混合は
若いヨバブにとって不確かな手応えしかあたえない

しかしだ
これで最後だと何度も思っていたのは
みじめな背中を夜風にさらし
一室へ帰ってゆく壁の裏の男であったのだ
かれが帰宅したあと寝床へ身をなげ
暗い天井へなにをかんがえるのか
若いヨバブには想像もできなかったのにちがいない

19.

かなしい音がなっている

混凝土に被さった畑土の影や
知的障害者の漕ぐ自転車の轍から

かなしい音がなっている
わたしの足音のなかで揉み消されながら
立ちのぼる砂煙

かなしい音がなっている
少年の私刑が終わらない
ながい帰路の末端に

かなしい音がなっている
眠ることのできない夜が明けても
まだ……

20.

次のようにいわれる。

「もしお前が〈悪魔の場所〉を清めようとするならば、

彼らは戦うことなく屈し、

その場所を引き渡してしまうだろう。

お前はそれを良いことをしたのだ、と思い違いをして、

家族や友人に自慢話を振りまくだろう。

家族や友人もお前を褒め称える。」

次のようにいわれる。

「お前は歓喜の立ち込める場所を〈黄金風景〉などと思うな。」

次のようにいわれる。

「お前の跨いだもののなかに〈失語〉はなかったか。

お前はお前のためだけになにかを跨いでしまう。

それでいてお前は決して振り返らない。」

21.

浮浪者のなかへ消えた母を追って
ほこりにまみれた貫頭着をかきわけてゆくと
そこはわたしの部屋であった
土壁に釘打たれた町長の肖像がこちらを見つめわらっている
目も合うこともなく
雑沓は消え
冷えた薄暗い床が足首をつかんだ
わたしが振りかえるならば
入り口にはかならず
淫陋な女が立っているという観念に差し掛かると
たちまち背景の賑わいがもどってゆく

22.

夕闇を引っ搔くことができるか　と
ファラオワシミミズクは砂漠を歩く
甲高い子鳥の泣き声は沈む足に消え
飢えは砂塵嵐とともに巣を通過した
数羽の子鳥はいずれも胃のなかを
砂でいっぱいにして死んだ
三日三晩歩いたところはオアシスで
疲れ果てた一頭のラクダと老人がもたれ合っていた
ファラオワシミミズクはじぶんの巣のほうを仰ぎ
ラクダと老人が死ぬのをじっと我慢した
ラクダが先に突っ伏し追うように
老人が続いた
ファラオワシミミズクは丁寧に老人の着物を剝ぎ
薄い脇腹を啄んだ

できるだけ美味そうに啄んだ
そしてラクダのほうへ移動しては贅沢に食い散らかしてやった
たらふく喰ったファラオワシミミズクは
星の降るなかに羽をひろげていびきをかいた

23.
ヨバブは混凝土のうえへ横たわり
陽にやかれていた
子供を寝かしつけるようなしずかな風がやって来ては
大人びた視線でヨバブのうえを過ぎ去ってゆく
　おれがだれの視野にも映らず
　おれがだれのこころへも印象を結ばない
そして虚無の迫害が汚染のように名残るのだった

青空へ関係をすべて溶かしてしまったあとで
くらやみのもっとも奥深くに沈むかなしみが溢れでる
町の往来へのあこがれや
貧困に消えるすこしの衰弱が
乗りこえられてしまったのなら
わたしの居場所はどこにあるのか
　おれがここから書かねばならないこと
　おれがここによって書けなくなること
涸れたなみだからはじまらねばならない

24.
ヨバブは歯で石を砕いた
涎と砂利の混ざりあいのなかに
黄ばんだ歯片が埋もれてゆく

窒息のような咀嚼には
朝焼けに影の倒れる時刻が必要であった

そこに理由はない

他人の飼う馬の糞尿でできあがる石の味
あらゆる嫉妬がだんだんと制度へ変わり
ヨバブの内臓疾患のすべては無意識から起こり
嘔吐した色は白く濁っていた
背中まで冷やす朝が
ヨバブを欲する理由はない

石は云われる
「晨、
陽の昇る時刻、
おまえがおまえと同類と感じる、

あらゆる人類への齟齬と、
おまえがおまえと違反と感じる、
あらゆる風景との齟齬とを、
過失しなければならない。
主には家族がない。
主には土俗がない。
私には意識がない。
おまえが私を嚙むたびに、
主が神経症に罹っているではないか。
おまえは歯の音を聞くな！
器官を過ぎて来た臭いを信じたまえ！」

朝焼けに影の倒れる時刻が
ヨバブを理由なく続けさせた
鳥やいくらかの葉の動きが埃を立てることへ
過敏さを失くし

石からの眺めを映している眼が落ちたあとで
脱力したこころの先の顎関節は喰い縛った

石は歯によって砕かれる
そこに理由はない

眺めている朝焼けを
じぶんで過失することのできない石が
どうして倒れている影を名指すことができるのか
ヨバブは疑うこともなかった
それでいて続けられる
続けられることでヨバブははじめられることを阻害した
朝はゆっくりと終わり
砕かれた石がのみ込まれる

石は横たえるヨバブのながい影のなかで朝焼けを知らなかった

口腔にはまだ冷えた朝の理由がのこっていたが
ヨバブはそれも嚙んで喉を通した

25.
娘よ。
まだ在れば、
わたしの肌着を
嗅いでくれ。

Ⅳ　望−愚俗

ある男の書いた詩

ある男の書いた詩を
漁港を横切る鉛のような男が口ずさむ
ある男の書いた詩を
万引きをした足取りで商店を飛び出す女が口ずさむ
ある男が書いた詩を
横断歩道へ背中を押される子供が口ずさむ
ある男の書いた詩は
病室へうつ伏せになり
眼をあけている
ある男の書いた詩は

息子の顔を思いだす
ある男の書いた詩は
いまにもなみだに濡れて
二度と渇かない

墓標

天皇が死んだころの風景写真を
微かに海を浮かべる瞳へかざすわたしに
三千夫はなにも云わない
数人の疲れた軍人が踏み抜いてゆく
泥水の無音へふるえ
晨と白昼夢のあいだへ敗戦を迎えた
村落共同体！！
オニヤンマもウスバカゲロウも
墓縁にたおれ
干涸びて

祈るような姿で死んでいる
（わたしの眼についた灰緑色が
乱視のなかへ消えてゆく）
天皇がなみだする妄想を三千夫の顔へ傾けて
〈愛人〉や〈親族〉と呟かせる
婚姻のない孝子の手に育てられたやさしさを生きる
父のする小便が舗装路を降る
あるいは
敗戦よ
くたばれ！
感情よ
くたばれ！
人影が不在した風景へ
父が消え入る余裕のないことが
わたしにだけ確かめられて
土葬の名残りを

〈晨〉の天皇の死から臭うだけに
老いや病いといった
現在への連時性が懐かしさへ落下する

上原

朽ちた家屋の湿度から
〈ワバラ〉という声がする
u wa ha ra
荒屋の基礎は砂の隙間へ沈み
潮の渇きで焼けている
あつい夏の〈海〉を
声はもう模倣できない
イソハラに立つ少年から　　i so ha ra
伝達されたいくつかのあいまいな伝承を
書き言葉にする罪を

深くかんがえてはいけない
そしてまた罪でないとも
かんがえてはいけない

〈スサノヲが久慈 ku ji の民の様子を見に来たのには理由があった。彼にとって佐伯や国巣は概念として成立しなかったからだった。ぼくたちがあの重内炭鉱 shi ge u chi のごろつきたちをそうしないのとおなじで、スサノヲは服わぬひとびとを惨殺しはしなかった。だけれども、ぼくたちがそうならないのとおなじで、スサノヲも佐伯や国巣らのなかへ加わることはできなかった。あこがれのやって来る場所はきっとまた深いあこがれの淵にある。スサノヲはあこがれに誘われるまま常陸国をまわり、ある浜辺のちかくの民家へ立ち寄った。ほとんど言葉も通じない異様な骨格のひとびとであった。それは海の骨格に対応していた。ひどく生臭かった。かれらは産物を運びスサノヲをもてなした。そこには目光や鮟鱇が並んだ。スサノヲは宴会が終わると砂浜へ横たわり波音を聴いて眠りへついた。ひとりの少女が麻布をそっとスサノヲの腰元へかけ宴会の片付けへともどっていった。そろそろ陽が昇るころ静かに目をあけて、小さな炎を家屋へ座らせ一度たりと振り返らずに山のほうへ去っていった。スサノヲはその地を〈磯 i so〉〈腹 ha ra〉と小さく呼んだ。周辺のひとびとは腹を出して眠れたり、たらふく飯が食える海辺のことだといっている。舗装路をあがってゆくと集落に出た。そこからは遠くへ焼けた民家を望むことができる。犬夫や伎遠はスサノヲへなにも云わなかった。たらふく酒を呑み、〈上 u e〉〈腹 ha ra〉と怒鳴ったが、ふたりはびくりともしなかった。ただ遠くで焼ける家屋のさきに拡がる海を見つめていた。スサノヲはあこがれの淵に落ちた。じぶんのちからでは這いあがって来れない深いところまで落ちた。あの遠くに焼ける家屋が幼少のようで涙が出たのだ。この集落を焼き払いたいと願い出たスサノヲは伎遠のうなづきへ沈み、犬夫の背中に挟まれる思いであった。スサノヲは蠟燭へ炎を座らせたまま眠りについた。どうか寝返りで不意に蠟燭を倒してしまいますように、そう願って目を閉じるのであった。〉

少年は海をみつめる模倣しかできなくなった
そのほかはなにももどりはしない
家屋を波がこえたことや
遺構が砂に埋もれたことを
自転車で通り過ぎる〈イメージ〉がかろうじて
現在の朽廃へ繋ぎとめるが
ともだちは居ない

息子もきっと〈ワバラ〉と
発音することができないはずだ　　wa ba ra

＊

離郷した者だけが
なつかしさを概念へ拡大することができる
という原則を
東京　to u ki you は呪詛のように蓄えてきた
その原則にはいつも
郷里は廃退すべきだという幻滅が付きまとい
心理的な価値を裏づけている
だが離郷した者をなつかしさの具体へ連れ戻すのは
朽ちた家屋を分けるあの変わらない区画であり
しずかに商店街を生存させては
「変わってない」と呟かせる

イメージは概念によって潰されてしまう
概念は東京に棲みつく
離郷者をけっして
なつかしさだけへ歩ませはしない
なつかしさが死だという理由に触れることのできなかったひとは
〈ワバラ〉で死ぬ
東京の冷たさのなかに
ひとすじの明晰さがあるとすればそれは
離郷者の歩行にちがいない

*

スサノヲは風の滞ったビルディングの影で
三千夫の戦死を妄想する
雑木林を這うおんなの泣き声も
坊主が連れる透明なこどもの蒼白顔も

満月の下の上官も
戦死の妄想からやって来た
スサノヲは背景に雑踏を取りつけて
かれらに敗戦を読んだ
俎橋　ma na i ta ha shi のうえで塵屑を啄む
二羽の汚鳩が空腹を殺して
スサノヲを眼差すと
その敗戦へ孝子や万里夫をくわえなければならず
三千夫の戦死をより大袈裟な装飾で妄想した
断念があるとすれば
スサノヲはあまりに三千夫を敬意しすぎた
それは天皇神社へ雪が降る頃であり
凶作の末の冬籠りであった　　　　te n no u
冷たい死骸を毟る男の飢えであった
それは土葬を焼く夏の日であった
黴の生えた畳から男の声がする

（軍刀は枯れるだけ良い）
スサノヲの敬意がどこかで自死へ差しかかることに気がつく
三千夫は妄想へ黙っている

＊

少年は木皿川をながれて
砂浜へかえる　　　ki sa ra
暴力や同性愛を覚えるために
できるだけ不細工に海をながめる
あそこに見えていたのは
知的障害者の波遊びで
寄せては返す白波に合わせている歩幅は
どこへ消えたのだろうか
すでに吃音も奇声も
丸刈りも肥満もない　　　to ko yo

生物のいない海へ川は溶けてゆく
少年はまだ夢を見るか！
川口部にある巨大なアメリカ・ザリガニの像影を
america
溺死であがる知的障害者に止まる海虫や
灰色の鳥どもの会話へくわわって
いつしか帰る時刻を忘れてしまう　少年よ

おれはエディプス複合が好きだ

瀧病院 ta ki の一室で呻く孝子の体液は
消毒されるだけよい
〈助けてくれ〉と呟くのはだれだかは
既知なのだから
石岡の方角からやって来る
i shi o ka

顔の崩れた女の倫理がどこまで耐えられるか　と
孝子の火葬まえで
母親の死を押し退けてまで手を合わせる
少年にはさみしさも　かなしさも　いたたまれなさも
いずれも海へ流されて残っていない

＊

もう病老いてしまった
愛人との子供
豪雨のあと坂道から泥水があふれた
たしかな罵倒を
生い茂る稲に埋められたなつかしさと祭祀へ
嘘のない罵倒を
愛人はおまえを孕んだ母だ
濁り、

ときに澄みわたるワバラの風を
病老体へあてて
概念と実質との狭間へ死ぬ感受性よ

＊

東京の郊外で死ぬ無感よ
スサノヲは上原を愛し過ぎたか
淵では独善的に溺れる　父の
過去から引きさがることのない少年が
瞳をかがやかせて腐ってゆく
「おれはこれからどこへ目をあてればいい」
風圧を失ったなかへ息を切らせることしかできなくなった

（つらいのはいつも女だ）

やり残すこと

ぼくにまだあのところまでゆくことができるならば
もう少しだけこのはまべにいてもいいんじゃないか
ぼくの幼いころのまぼろしが
立体的な影になってあだかもぼくのように
青くろい空を喰らって
不味そうに顔をしかめている
もう　終わりにしたっていいんじゃないか
ぼくはただぼくよりもすぐれたところへ
すくんではいってゆくのだし
きみはそれをやさしく手伝ってくれるだけだ

だからぼくがこのはまべで
くずれたり歪んだりする果てをとめるなんて
まちがっているんだ
だれでもはまべにじぶんのもどる場所を空けたまま
二度ともどって来やしない
置いてゆかれた足跡に少しだけたまった海水をみているのが
ぼくにはたまらなく苦痛なだけなんだ

ぼくはかならずそのままあのところまでゆく
そうしてきみはぼくをやさしく迎えればいいんだ
あとはもどるところがくだけるまでなんだから
このはまべは夜になったら
ねむりや少しの傲慢さをゆるす余裕に欠けてしまうのにきまっている
きみはぼくのことを知りすぎている
風となみのおとをたよりにして
はまべを目隠しで歩けるように知りすぎている

たぶんきみは
ぼくが風のようになみのうえを這って
影にぶつかるときの音がこわいだけなんだ
でもやさしく迎えてくれるだけなんだ

亡馬

木にのこる白骨のかたわらに立つ少女の手には
悪化した皮膚病が反乱させた陽のひかりを集積させている
皮膚が捲れ、尖り、血を乾かせて
冷たく時間をこばむ
その手でやすりのように白骨をなでるので
木の下は砂漠のように餓えていた
丘のむこうには〈海〉が拡がっているという
まぼろしを
少女が信じなかったことをかたわらで見守ったのは白骨であった
ただ少女はながく止まってしまった

馬類の絶滅は
止まった時間のなかですすみ
いつしか一頭ものこらない
潤んだ瞳で木にもたれかかり少女を見つめるだけが
信じるということであった

〈海〉からもどらない死霊は
父や母と呼ばれた
幼さに沈むはっきりとした自意識が
〈海〉を寄せつけず
馬の白骨を受けつけたのには理由があった
馬類は雑草を喰らう
その姿があまりにも絶望だったからであった
葉緑が奥歯ですり潰される過程に
唾液の発酵が先行したことで
朽ちゆく馬類の無意識が物質へ対立して

少女へ浮かびあがった
少女はまるで大人のなみだを恐ろしく覗くように
じぶんの身体へ目をやった
しかし肋骨に乗っかった蠅が見えたが
その足元までは確認することができなかった
すると少女は涸れたなみだを漏らさずにはいられないほどの
不安に
咽頭を摩擦させた
〈海〉は遠くで音をもった
漁夫の
塩辛い太腿が
祖父のような
仕組みで記憶の
圧迫を
すすめるのは
祖父が

〈海〉を不自由で
支配されるべき、ひとりの息子の
圧倒的な敗退を
だれか知らない地の
殺人から
比較される
ことの悲劇
漁夫のその
疲れた背中の無意味に
不在の兄を
夢見るたびに
性が
その性的な男が消える
叶わぬこと
害
無きことの想像

〈海〉
波はどれだけ反復するのかも知らない
少女がじぶんへ縛りつけるだけ
病いは拡大する
少女が疑わなかったことは
馬類から重い皮膚病をもらったということで
〈海〉を想像すればそれだけ
未知を近親に貼りつけることになるだけであった

亡馬にはかえるところがある
それは少女のあわれな妄想である
いいや、亡馬の過敏な意識がもつひとつの積極性こそが
妄想を実在へ固定してしまうのだ
見たまえ
亡馬にもある影を！
そしてもう

じぶんに影のあることを摘発できなくなったことを！
亡馬の平坦な通行を阻害せよ　と
「わたしのやさしさはどこへゆくのですか？

南の島

だくだくに注がれた泥水が炎にかけられて
品目のわからぬ淡水魚が泥を吐きながら煮えてゆく
凸凹の鍋の底には幼虫の類が潰されていて
それを島民はひとつも気にすることなく
いくつも種類を層にしてゆく
料理のにおいよりも
そうした幼虫の蛋白質が焼けるにおいのほうが
島民の食欲をかきたてる
くちゃくちゃと口内に溜まった唾液が
舌にかまされる音を出し

島民は鍋のふちからもれる炎を眼にうつした

湿度でまったく動かない空気のなかに
時たま微風が流れる
それに乗って海鳥がやって来る
島民は海鳥のそれぞれに外来の聴き覚えのあることばをあたえて
「アイジン」や「アバズレ」「ハレンチ」などと呼んだ
島民の差別なき自然へのなにかによって
ある奇妙な魔術をとなえると
海鳥は落下して
人のいる前で命をおとす
それを雌鶏が少し離れたところから
おぞましい表情をして顔を動かしている
海鳥は脚をつかまれ
解体へかけられる
もう止んでしまった微風の名残りに

血と唾液のにおいが隙間を埋めるように入り込んでゆく

そうした夜というものも
存在している

未成年の女は
湿度と身震いを起こすようなにおいとに
びしょびしょに性器を濡らしていた
未成年の男も
海鳥の首をもいだ手で
勃起の邪魔にならないように
腰巻きをずらした
愛液には隣の島の灯台のともりが輝いている
月光はあまり価値をもたなかった
しかし地面へ直に接触している臀部は
むすうに砂利でへこみ

そのところが月明かりと炎とで
影になって彼女らの性を刺激した
交渉はこの人工的なにおいと
熱帯雨林の気候においては
別段、特別なことを要さない
すこし撫でてから男根を挿入する
くちゃくちゃという音の奥に
葉の擦れる音や砂利が肌を削る音
そして波による珊瑚の侵蝕の音が
ふくまれていた
慢性の皮膚病が
糜爛した肌を介してひろがってゆく
紅く黒く濁った面が擦れあい
未成年の汗が伝う
煮えたぎる鍋のなかで
泥を吐きおえた淡水魚は眼を白くして

吹きこぼれた汁が炎のなかで煙へかわる
未成年は熱帯の夜に蒸発する

陽が落ちたあとに来る
一瞬による夜闇は
南の島の宿命を気高い倫理へかえる
それも不可知で根絶される行方をもつ
未成年のかかえた倫理であり
晴ればれと蒸し焼きにされる陽の島で
生活せねばならない島民の前提と
夜闇の倫理とが
未成年の一瞬の移行のうちで煮えたぎり
焼き切られ
蒸発するのである

みなみのうた
――うみのむこうの

わたしはまぼろしのなかに南海のあおいうみを見つけました。白いお月様があまりにも眼にしみるので、とうとうそこにうかぶはまべに降りてゆきました。わたしはは だかで、くるぶしのあたりまでうみにひたっていました。夏のあつい日だからというわけではなく、うみはただじぶんの体温のようにかんじられました。

まぼろしのなかの島民は月の夜のしたでみんなねむっていました。わたしは音をたてないように部落のとなりをそおっと歩いていって、降りてきたところとははんたいのはまべに出ました。このしまにはお山がなく、のったりとしたはまべにいくつか家があつまっているだけです。わたしは部落のほうをふりかえり、どうしてみんなくらしていられるのだろう、そう思ってもおわらない月の夜のしたでみんなねむりつづけているのでした。まぼろしのなかでは不思議と朝はやってこないのです。

＊＊＊＊＊

ながい夜、もうこのはまべをなんかいまわったことだろうか。わたしはゆっくりとうみのなかへ足をいれて、とけてゆくようなきもちになりながら、こんどはふりかえらずに部落のねむりをかんじました。まぼろしからわたしの住んでいるところへかえるために、一歩一歩、白いお月様のほうへもうろうとしてゆきました。するとまぼろしがひらけて、わたしのあるべき暮らしのなかにかえるちょうどのところで、へいたいさんのどなりごえがかすかに聞こえたのです。わたしへどなっているのか、それともほかのだれかへどなっているのかはわかりません。とおくでたしかにどなっていたのです。わたしはなんだかはだかでいることがはずかしくなりました。そのあとのことはおぼえていません。わたしもねむってしまいました。おしまい。

鮒

少女のうたを聴いた者よ
おまえは瀧底の青年だ
白い肌を秋ロの陽にかがやかせ
額へ浮いた少しの汗をぬぐい
とおくをながめる

少女のうたを聴いた者よ
ねむれ
おまえは市の老父だ
昨日よりも少しだけ儲けがあり

酒場で酔っ払う帰り道の
ながさの終わりをみつめる

うたを唄う少女よ
ねむれ
おまえは鮒になる
青年も
老父ももどらなかった
おまえは女になるたびに
待たねばならないから

告白（愛の）

あの屋上に立つひとは……
冬の吐息が空気を湿らせる
わたしはやさしく手をにぎり
なにも言わない
つつまれるようにゆっくりと落下して

きみの過去と和睦する

ぼくの硬い魚の骨を

ぼくは硬い魚の骨を
砂浜にいくつも立てている
この無数の波のなかで転がる知的
障害者の反復声を追悼するために
びしょびしょに濡れている
お父さんの記憶にあった少年は
波へ帰ってゆく小太りの男をお終いまでは
追いかけなかった
堤防や灯台を探しても出てくるのは
魚の骨だけで

ぼくはそのすべてではないけど
すべてだと思える量を拾って来ては
砂浜に立てている
少年の覚えている脂肪や乳首
男性器のゆれは一律の規定なく波から逃げる
お父さんの老いた姿に欠けたものはなかったか？
ぼくは暗くなるまでにはこれだけは立てなくてはだめだ
だれかが迎えに来る
かならず迎えに来るようになっている
ぼくはすっかり魚の骨に囲まれているから
遠くからやさしく呼ばれなくては出られない

アタシのような海獣

アタシのような海獣にとって集落の老人はみな一様に死体に見え、まるで飢えを喰い繋いでいるような生活は浄土の様式さえ感じさせるのでした。彼らの行いがどうか報われず、と祈るばかりでアタシのような海獣は満足してしまうのです。アタシのような海獣の故郷を好きなだけ荒らしたあとになってやさしい言葉をかけて去っていった彼らの若さを幼いながら覚えていますが、村落へ帰り彼らは無言の反省でみな次第に死体になっていったのだと思います。アタシのような海獣はとおくからそうした生きた浄土を眺めているのが好きだったのです。視線のすべてが赦されて、アタシのような海獣にもある復讐心がなだらかになってゆく気がしました。祈りの内容は彼らへの敬意でした。だけれどもそうした村落の土壌が悪かったのでしょうか。

不慣れな骨相学で彼らの子孫らを測量したことがありましたが、いずれも「他人好み」で「自分の汚れた靴を愛する」と出たので恐ろしくてたまりませんでした。未来へ怯えるという慣習がアタシのような海獣にはありませんから、すぐに海へ引きかえして、岩でできた寝室へかたい涙を打ちつけます。子孫たちはかならず壮年の未明になって国家建設について構想しはじめ、占いの診断を分かってると云いながら放棄するでしょう。アタシのような海獣が悔しく思うのは、アタシのような海獣に似た彼らの子孫が産まれたときにその国家構想の性格的な欠陥を感情的にしか受けつけられないだろうということなのです。これはアタシのような海獣の現在的な苦痛です。その子孫らはきっととても優しいから、国家を壊してしまったり、殺してしまったりすることはできないと思います。だから「自分好み」で「自分の汚れた靴を隠す」彼らの偉大な意識と小さな主張が国家に踏み躙られたときでも、アタシのような海獣が海の帝国へ滑ったたい安定を願ったように、かれらはどこへも責め立てることはないのでしょう。

そうした醜い子孫らの繁栄が仕向ける国家に個体の老いてゆく事実を黙認して、いつか国家と老人が完全に切り離されてしまったときに苛烈な復讐の成果を知ればいいのです。それまでは彼らの老体や病体を優しさでおだやかに見守って、アタシのような海獣の胸の内を思い出していてください。きっとアタシのような海獣にも小さな誇りができるでしょう。

父から長い手紙をもらう日

アメリカではニイルの器官障害が
老いとともに四肢へまで到達したという風信から
かれらの戦争の方法に関する機密を
ふと忘れてしまって
手術で完治する聴覚の病気を
太平洋のこちら側の停滞した生活のなかから
癒されるように聴かなくてはならない父が
ひとの通わなくなった郊外の商店街へ首都を見ることを
だれが気づいてやることができるものか
ニイルは農夫で

知らない娘の名前をもつ作物へ
雨陰に負けず汗をながしながら
「淫売の素質がないのだから」と語りかけ
その知らない娘の名前をもつ作物を食べて暮らしている
悪い脚で土をひきずる音を遠い昔に聴き終えたことも忘れ
ニイルには知らない娘たちの抵抗が
気候によって感じられ
少しずつ自然魂というものを信じるようになっていた
はんたいに父はじぶんの死へ出生地の概念図を描き
親しいすべてのひとたちを締め出したあとで
母の子宮のような人格からの復帰者とならなくてはいけなかったが
じぶんの息子が
嘘でかためたニイルの風信を愛したがために
青空の拡がるアメリカの死をかなしんだのであった
だから父は四肢の障害で歩くように世界を狭め
きっとアメリカの後追いをするような時系列で

死んでゆくであろう老いたニイルへの
墓場を探すのであった

後悔

さみしさは地蔵です。
母が通うたびに
地蔵の顔色は異なって
それでいて動きません。
悪いのはぼくのほうだったのです。
なみに削られた岩へ
母の名前をつけたはじめての後悔は
ぼくだからです。
漁り火を天井にみつけ
トタンに打ちつける雨の音で

あしたもどらない友だちをかぞえる夜。
ぼくにはそのことが
母のようにはわからなかったから
地蔵をさった背中が
なみだでぬれているのを
ぼくが言うことを素直にきかない
悪い子だからとばかり思うのでした。
物神が母の背中でかげる日には
供え物を喰む後悔が
海岸をその薄明かりで照らします。
少しだけあたたかく
また少しだけやさしく照らします。
ぼくは母の顔が見られないから
名前だけをつぶやきます。
そうするとゴウと波が母を削ずるのです。

資料

父の像

小学校の低学年、家に遊びに来た中宮君がどうしてもお腹がすいたと言い出した。そうすると三十分くらい歩いた先にあるスーパーにドムドムバーガーが入っていたので、それを食べに行こうと父が言った。わたしはどこかに（やめておけばいいのに……）という感情があった。だらだらと歩きスーパーへ向かった。注文を終え、小さなフードコートの窓側の四人掛けの席に着き、食べはじめた。中宮君はむしゃむしゃと食べた。わたしは中宮君をとても卑しく思い、父へもどこかかなしく哀れな感情をもたざるをえなかった。そしてまた注文の品がただのハンバーガーであったのも憎かった。

そのとき父のこのような光景が二度とないようにと誓った。

黄金風景

父の母孝子は千代田の貿易商の娘で裕福な生活を天下の膝元で過ごしていたが、戦後の動乱のなか出稼ぎへ来ていた北関東の男と恋に堕ちて常陸よりも先磯原の奥、上原へ連れていかれ愛人として生きるようになった。孝子を上原へ引き込んだ男の名を三千夫といいシベリア抑留の生還者のひとりであって、戦後は「自由人」と自称し定職につかず死んでいったひとである。この「自由人」という響きには楽観的な自嘲の響きがあり祖父の映像を明るく縁取るが、その裏側にある敗戦はいつだって性格を覆い隠すだけの陰影をもっていた。上原の地は平氏の落人が逃げ込み集落をつくったという伝承が残っておりひとびとは平澤を名乗っていた。三千夫の家は須佐男尊を祀る集落の鎮守「天皇神社」の斜め下へ構えられ、もっとも高い場所から家々を見渡していた。いまはもう荒らしに入られてしまい窓が突き破られたり、蔦草や雑草が無尽に生い茂ってだれも踏みいれない廃屋になっている。三千夫と本妻のあいだには子供ができず養子がとられたが、愛人孝子とのあいだには父が生まれよく可愛がられた。愛人の子供であっても本妻へ預けられたり、親戚まわりでどのひとも父を虐げることはなくやさしく受け入れられた。孝子もまた向かい入れられはしたが、神葬の際に最後尾を着いてゆかねばならないなど村の定めは正直であった。だが孝子にとって没落と映るものはクリーニング屋や小魚の仕分け、軒先でやったサイダー売りなどのか細い働きの日々であった。

わたしの生まれるもっとまえに三千夫は癌で死んでいる。孝子は晩年、海端の長屋にひとりで暮らし死んでいった。幼稚園のころか、わたしは何度か遊んでもらったことがあった。水族館へ出かけたときに亀の泳ぐ水槽を見てから孝子はわたしに「かめばあちゃん」と呼ばれた。わたしの孝子の記憶はその水族館の断片ともうひとつ瀧病院での記憶しかもっていない。

孝子は晩年、たまにやって来るヘルパーに助けられながらひとりで暮らし、ほとんどどの親族からも放棄されていた。東京から茨城まで会いにゆくこともまた東京で一緒に暮らすという選択肢も放棄されていた。最晩年は身体の不調から嘔吐を繰りかえし、一室には死期が立ち込めていた。わたしはこのときを思うと家族というものの個別的な解答を肯定のほうへ向けねばならないという気にかられる。つまり孝子の孤独な悶絶のうえにわたしたちの家族が成り立ち、わたしたちはただ「裏切ってはいない」ことだけしか空虚へ主張できないという安定性であっても家族として肯定的な結果である、というように。それは見殺しにしたとかそういう次元のはなしにはない。

孝子が搬送され病室の夜には体液をすする機械音と心電音とがひとつの均整された静寂のように拡がっていた。そこへわたしは父に連れられた。医者や看護師は奥でおおきなおしゃべりをやめなかったが、わたしにはその賑やかさがどこか嬉しく思われた。もう夜中になり病棟の電気が落とされ、薄暗いなか廊下に座っているとひとりの入院患者が心配そうに出て来て「おにぎりあるけど食べるか？」と聞いてきた。サランラップに包まれたじぶんの握ったおにぎりを済まなそうに差し出した。またほかの部屋からは点滴を引いて出て来た男が「たいへんだなあ」と声をかけてくる。トイレに起きる人たちが何人も様子を見に来てくれ、「たいへんだなあ」と孝子やわたしたちに同情してくれた。しばらくして病院に勤める守衛さんがあがってきて「守衛室にはテレビが見られるし、ベットもあるからそこで眠ったらいい」とわたしを連れて行ってくれた。もらったおにぎりを食べて、テレビを見ていた。孝子は深夜に息を引きとった。遠くで父と孝子が蛍光灯の明るい病室に二人でいる光景で記憶は終わっている。

この夜の光景は〈黄金風景〉として心の一番大切な棚にしまわれている。父は孝子の死へは向かい合わなかった。母親の死が病室のいくらかの他人たちに宥められて超えられてしまうような経験で終止符を打つだけでよかった。孝子の部屋からは広告の裏に記された膨大な詩が遺されていたらしい。父はすべて迷わずに捨てた。捨てる際にいちばん面の一枚に書かれた〈業〉という文字が孝子の最後の心象となったという。

海風へ伝わる陽射しのなかを父とたたずんだ記憶はだれも住んでいない長屋へ役所の人たちが数人出入りしているころのものだろう。父はわたしの歩幅で磯原駅へ歩いていった。その背中が逃げ水へ消える。

臭い

母は腋臭を嫌った。
わたしも母にならって腋臭を嫌いになった。
だからミチジの臭いも嫌いであった。
けれど母はミチジが腋臭であることを一度たりと言わなかった。

小川の時刻

泣きたくなるまでの心理的な距離にとどまるいちにちは幸福の影印のように感じられるがほとんどが絶望である。朝起きて働きに出る最中にこのような絶望が渦動きだすとあたりは微笑ましさに支配される。じぶんの絶対的な敗北感だけが歩行の原理であるように、行きかうひとびとのだれもが幸福の表情を浮かべるなかを歩く。小川の朝に固有な光景はなにか、そう思いながら小川駅へ向かうとわたしの隣を障害者がひとり、またひとりとすれ違ってゆく。

　だがわたしは涙へまで到達したことがなかった。一度たりと絶望からの心的な距離を涙へまで移動させたことなどなかった。郊外どこも涙不在の質感をもっているかどうかは知らないが、小川は郊外の均質感からは遠ざかっている。冷徹な印象でもなければ、歓楽的でもない。だれかが居るようで居ないことと居ないようで居ることとのあいだに時間が消息している。涙の不在は当て所ない心の浮遊感が起爆剤も失墜ももちあわせていない町の感情の結果である。

小川という心的な経験は青年期の過程で意識的なものになった。高校の帰り道、居たたまれなくなって雑木林へ駆け込んだことがはじまりかもしれない。クヌギやコナラの隙間を抜けてゆく午後の陽射しが夏をまんべんなく落ち着かせ、そこへ風が通された。わたしはこのままでいいと感じて、しばらく時間を忘れてしまった。それからなにか不穏な場合にはよく雑木林へ寄るようになった。小川そのものがかなり概念めいてくるようになったのは大学で不良になってしまったあたりからのことで、実存的な不安をそのまま小川へあてがってしまった。大学を辞めたあとの定職につかない期間まで続いた。心理的にも浮き沈みを繰りかえすあいだに小川のほとんどを知ってしまったというのがほんとうのところだった。

もし小川駅までの歩行をわたしの過去の反芻だというのなら、この町のひとびとがつくりあげている幸福の顔を知らねばならない。そしてそれぞれの絶望とに比重して弱ってゆく町のやさしさを汲まねばならない。だれも涙までたどり着くことのない町へみな帰って来るのだから。

手の復元

じぶんの資質が職業のながい錬磨の過程へ便乗して人生にひとつの必然性の根をおろすことがある。仕事がそういう水準へはいるとその職業でいちばんすごいのはあなたしかいないよ、と言わざるをえなくなる。幼稚園へ通う初めての日、わたしはどうしようもなく嫌がったらしい。そこで手を繋ぎわたしを入園式へ率いれてくれたのが、教諭さんの保谷先生であった。そのあともわたしが嫌だとするとかたわらに居てくれて安心させたのだそうだ。わたしのもちあわせている幼少の保谷先生の記憶の断片は、わたしの視線が園庭を動きまわる園児たちのあたまを分けていきその隙間で笑っている初老の女性をみつける、というものが唯一である。手を繋がれていることはなしや写真から知ったことであった。わたしはたまに保谷先生と手紙を交わすことがあるが、そういう機会によく思い出す唯一の記憶が園児のあたまを分けていったさきの保谷先生の隙間へちらつく笑顔であった。この印象はほとんどわたしの保谷先生の像を確定させている。

わたしは保谷先生のことを保育をやらせたらもうあなたがいちばんだよ、そう思っている。それはわたしにただひとつの断片しか記憶させなかったからにちがいない。そうでなければいまではよくぞ余計なことをしてくれた、と思うだけだからだ。記憶にばかりのこるようなことはあまりいいものではない見え透いた嘘がほとんどである。保谷先生だけはちがった。保谷先生はやさしさを模倣することはなかったのだ。わたしを率いれた手はやさしさそのものであり、保谷先生の資質へふれるような仕方で安堵はおとずれた。世の中で悲劇としての他人嫌いの轍を歩まねばならない幼児にとって実感のある大人のやさしさほど帰りたくなる場所はない。

今となってははんたいにやさしさの模倣を知ることができない保谷先生を慰ることしかできないと感じる。剝き出しのやさしさは他人のなかでいつだって傷つけられ、誤解される。そしてかならず弱いところからしか怒りを滲ませられないのだ。幼少のわたしは保谷先生のその弱いところへ迎え入れられたのであったし、いまのわたしの怒りの根拠も偉大なやさしさへ根ざしている。

〈ウエスギ〉

先生と呼ばれる滑稽さを職業にしているひとたちのなかで偉大にわたしのまえへそびえ立つひとつの肖像がある。その名を〈ウエスギ〉と刻印した頃の記憶までひとすじの理性の道路を遡ることは、いつも始発駅に立つ朝の爽やかさを感じさせる。生徒にとって先生が思い出に残ってしまうということは良いことや悪いことが窮屈にこころのなかにとどまってしまうので、先生という存在は臨床家のように過去からゆっくりと消えてゆけるほうがいいなと感じて来た。いつまでも生徒のなかに滞在する先生はさほど良いものではなく、そうした安直な先生のやりがいによって生徒はちょっと余計なことをされちゃったよなと感じている。それが良いことであれ、悪いことであれ、窮屈だというのは先生のだれもじぶんの過失を疑ってみることがないからだろう。もし先生と呼ばれる職業のひとが過失の自覚を橋渡しにかかわってくれたのならそこには「一緒になにかをする」という関係が開かれたのかもしれない。そういう関係が思春期のあいだに与えられれば大人というものがかなり近づいて感じられたのにちがいない。そんな理想を生徒としてもっている。〈ウエスギ〉が偉大であるのはこの過失の自覚を〈方法〉へまで昇華してわたしへ教えたからであった。そしてこの〈方法〉の解説を〈ウエスギ〉は一度たりとも試みなかった。

明理は〈歴史とは過去を学び。現在を捉えなおし、未来を考える。〉という単純なものであった。この明理があまり落ち着きのない初回の授業で口にされたとき、その軟い騒がしさのなかから抜け出してわたしは歴史というもののだいたいを知ってしまうことができたと感じた。歴史的な事実を通り越した大きな手づかみがそこにはあったのだ。いまかんがえるとこの実感はたあいないものであったといえる。たとえば家事のなかでわたしの担当であった風呂掃除の手抜きを父に指摘されたとき、「技術ってのは進歩しなくちゃなんねえだろ」と言われたことがある。おお、なるほどな、と思った。このような些細な実感が学校で得られることは〈ウエスギ〉のほかにはなかった。そしてその〈方法〉だけあれば合っていようがまちがっていようがかんがえがどこかへすっ飛んでゆくことはないぞというような大枠があたえられた。

「一緒になにかをする」というような理想がわたしの独り歩きのなかで〈方法〉として埋まっていることは歴史的に偉大な達成であるといえる。そんなものはたしかに生徒と先生の関係ごとに散らばっているといえばそうだが、不用意にもひとの上に立ってしまうような職業がみせる喜劇の胡散臭さがなかった。〈ウエスギ〉は理念から背中を押して生徒を独りでに歩ませ、一緒になにかをしている。そこに現実的な痕跡はなく、おおきなかんがえの把握が拡がっているのである。〈ウエスギ〉は理念上の関係と現実上の関係を絶えず近づけて、まるで理念が先生との関係のなかで現実の欠陥を指摘するように動いていた。いいかえれば現実へ理念を閉じ込めるようなことはなかったのだ。歴史の現実は理念の側から触ることができる、それはまた歴史の現実から理念を破壊することがあってはならないと伝えている。

明理の〈方法〉を〈ウエスギ〉という人物へまでさかのぼるにはいまに至っても果たされていない。また〈ウエスギ〉が過去にならない理由もそこへ依存しているように思う。かれを思い出すことができないのはたえずわたしにとって〈方法〉としての現在であるからだ。そしてこの〈方法〉をわたしの怠惰や無知によっていかようにも変形させてしまってなお、先生はなにも言わずに見守っている（と信じていい）。

（はやく女を作れと気にかけてくれたことの意味がやっと分かりました。）

批評

「わたしはすべてじぶんのしでかしたことで、じぶんの責任だと電話で告げた。電話口はひどく怒っていた。内容がわたしへ迫るというのではなく、ひとりの人間を怒らせたという限りで怯えていた。ふと電話口がわたしへ怒る理由のないことを思い出した。わたしは途端にわっと泣き出して、おれはあいつにしてやられたんだ、ほんとは最初からやる気じゃなかったんだ、そう逼迫した。ああ、わたしは勝ったのだ。身体の震えが止まらなかった。」

いい夢をみた。これですっきり敗けることができると思った。じぶんの怒りを他人に汚されずに振りまわすことはむずかしい。小綺麗にしておきたいのであれば徒党を組むことだ。わたしはこれからもめいっぱい怒りを汚そうと思った。

＊

わたしは筋違いに出会したら殴ってしまえばいいと日頃から思っているのですが、情けないことに今まで殴られたことはあっても一度たりと殴った試しがないのです。小学校のとき、友だちの島岡くんにトマト嫌いのことでしつこくちょっかいをかけたことがありました。島岡くんとは毎日遊ぶような仲でした。ちょっかいをかけながら逃げてゆく島岡くんを追いかけるとわたしたちの住む団地に行き着きました。すると島岡くんは中学生の兄へ事情を話し背中に隠れてこちらを伺っていました。わたしは胸ぐらを摑まれて島岡くんの兄を見あげていました。だけれどもどこかその拳が嘘のようで、またわたしが摑み上げられている様子も実感がありませんでした。すると島岡くんの

住む3号棟の五階から女の人が、

「そこで殴ったらあんたの敗けだよ！」と怒鳴りました。

島岡くんには兄弟が大勢いましたので、何番目のおねえちゃんかはわかりませんでしたが、わたしはどこかで（ほらね）と思い、静かにTシャツを離してもらえました。

学年があがるにつれて島岡くんとは疎遠になり、学校ではほとんどすれ違わなくなりました。小学校を出るとわたしは国分寺の私立へはいり、島岡くんは地元の中学校へはいりました。ある日、学校帰りひとりで川縁を自転車で走っていると「よお！」とわたしを呼ぶ声がありました。振りかえると十人はいたでしょうか、背後に子分を連れた島岡くんの笑顔がありました。また高校も終わりの頃だったでしょうか、雑木林の側道で友だちと二人で歩く島岡くんの姿をみました。熱心に笑い話を友だちへ繰り出し、おどけていました。わたしは「よお！」とはいわず背後を過ぎ去るのでした。その二回の記憶以後、島岡くんに出会していませんが、たまに角から出てくる男を（あれは島岡くんだ）と断定しているわたしは生活の思想においてはるか遅れてしまっていると思うときがあります。小学校のときに島岡くんはもう叔父さんになっていました。

「おねえちゃんに子供ができたんだ。」

「俺は今日から叔父さんだぜ。」

と団地の緑色の鉄扉を少し開けて部屋の奥の泣き声をきかせてくれました。（おねえちゃんの子供かあ）という思いの裏には恋心などなく、歴とした差別意識が働いていたのでした。

＊

たしか中学校だったと思います。授業と授業のあいま、教卓に寄りかかっていた三井田くんになにかちょっかいをかけました。あまり大袈裟なものではなかったと思うのですが、拳が顔の正面へ飛んできてわたしを打ちました。目に涙を滲ませじぶんの机に戻ったのを覚えています。席について（なにも起こっていない、なにも起こっていない）（泣いていない、泣いていない）と次の授業の準備をしました。

『ヨバブ記』あとがき構想断片

ヨブ記の作者には旧約信仰の原始的な心理として自然の恐怖や信仰することに癒着する鬱屈などが部分的にのこっていた。それは神の無謀さにあらわれたり、ヨブの義への無心さなどに表現された。わたしは神の理不尽さが好きであったし、また神以外を無視する、あるいは神さえもそうするようなヨブの冷酷な無心の義の世界が満足であった。こうした旧約のヨブを客観的に忍耐の概念としてまとめあげてしまったものが「ヨブの遺訓」にあたっている。ギリシャ語訳の七十人訳聖書を土台につくられた遺訓にはもはや旧約の鬱屈した心理はのこされていない。ヨブの無心の義にある冷酷な世界は姿を消し、忍耐を信仰の意識上に意味づけることを訓戒化してしまっている。ヨブが病床から家族に語り聞かせるという構造の助けもあって遺訓作者はヨブ記を忍耐という思想へ閉じ込めるように完成させたのだった。

しかし遺訓は旧約の資質を削り平凡になってしまったわけではなかった。遺訓作者は旧約ヨブ作者では届かなかった知らずのうちに普通に虐げられているひとを取りあげることができた。第七章に次のようなところがある。

〈悪魔は……門番の女にこう言った。『わたしにあなたの手からパンをください。わたしが食べたいのです』とヨブに伝えなさい」と。そこでわたしは焼けこげのパンを彼にやるようにと女中に渡して、彼に伝えさせた。……しかし門番の女は彼に焼けこげの、炭のようなパンを与えることを恥ずかしく思った。というのは彼女は彼が悪魔だとは知らなかったからである。そこで彼女は自分のパンの中から一つの上等なパンをとって、彼に与えた。〉(土岐健治訳)

このあと門番の女はじぶんのやさしさを悪魔に踏みにじられ泣き出してしまう。もしじぶんが悪い奴隷女ならあなたに焦げたパンを渡していたけれど、そうではないから上等なパンを渡したんだ、と。旧約のヨブの妻がヨブに向かって「神を呪って死ねばいい」と口喧嘩する場面に類似した倫理観だが、門番の女までは客観的な肉付けがされてはいなかった。遺訓作者の資質は忍耐を概念化する仕事のほかにまさにこの門番の女のところへ集中していった。それが知らずのうちに普通に虐げられているひと、いまのことばでいえば大衆というものの写しとなって遺訓のなかに織り込まれていったのである。

門番の女を基準にしてかんがえるとヨブも神も悪魔もさほど当てにならないと思えてしまう。遺訓作者はヨブ記のなかにそうした大衆の基準を持ち込んだのであった。神でも悪魔でもヨブでもかまわないが、そうしたものへ向かってゆく過程にあるわたしたちはどこかでおおきな欠落を抱えこんでいるはずであり、もっとも正常な神や悪魔やヨブをじぶんのなかに定義できないかぎりで歩みは虚構を続けてゆく。ヨブへあこがれる時期を終えてしまったいま、わたしができることは世界への叛逆とあこがれの終焉とをできるだけ生活上に縫合することで青年期をあかるみにだすことであった。詩でも思想でもかまわないが、そこへの過程を邪魔するものは門番の女以外にはありえない。

そして、わたしは必ず門番の女に敗北してでることでしか作品を書くことができない。歴史の経験からはそれだけ脆いものの位置にこの詩集もあるのだ。

裏切りなき両親へ。愛する花歩へ。少数の読者へ。やはり敗北に埋もれてしまってもヨブにならなければならないと思う。前の詩集『わたしという〈異邦〉へ』を出してからの三年は生活に埋もれた時間だった。詩は生活へ敗けたし、わたしも詩を勝たす努力から手を抜いた。生活へ埋もれることが詩人にとってどこまでが入用なことで、またどこからがじぶんを殺すことなのかの線引きをもたないわたしは、この詩集でどこまで実生活に敗けているかを測定しなくてはならない。そこに門番の女のあわれさが重なったのなら失敗だということになる。

母の原光景

激しい親しさをあらゆる高低でかいくぐってゆくと一筋の遠さがあらわれる。それは日頃ふとしたときに感じられる。親しさが激しいと表現されねばならない理由は過剰なやさしさの反立としてわたしを地獄へもおとしめる無惨さがあるからだと思う。激しい親しさは母と子の両価的な奈落の日々の姿だ。そしてこの遠さをまたいでしまうことが近親相姦の極地点なのだとかんがえられる。母と子は近づき難さ、遠さを母とのあいだに抱えることで極地へ踏みだささない。だからいつだってこの遠さをまたいでこちらへやって来ようとするのは母のほうなのだ。

わたしが心底病んだとき、「死ぬときは一緒に死んであげるから」と面と向かって云われたことがある。それはわたしがこの言葉を鵜呑みにしようとも、比喩として「死ぬなよ」と受けとろうとかまわなかったというだけの余裕に溢れていた。わたしの心的な動揺を受けて母も含めて家族はたいへん心配していたが、そうした現実的な心配を超えて母の言葉の価値の部分はまったく安静になっていたのを感じた。母の暗黙の安静からみれば焦っていた父が愚かなほどであった。

母が幼少のころ、栃木の山奥にある口粟野へ預けられることが夏休みの催事になっていたらしい。まだ色濃く親戚付き合いが残っており、いく人の子供が寄せ集めにされて長い休みを暮らさなくてはならなかった。母はまったくもって毎年まわってくる夏休みの催事が苦痛でならなかったという。東京の都会で生まれ育った性格に田舎が馴染まないことなども理由へ関与していた。川遊びなどの林間学校の真似事などませた感性からは楽しさを見出せなかった。だがことの本質はちがった。母は親戚の子供たちも親たちへも親しく入ってゆくことができなかった。はやく独りにしてくれ!、という心の叫びが意識を支配していたのであった。母の父はそれをどこかに察して少しだけはやく東京から迎えに来た。幼い心の空洞へ救いの光が吹きぬける思いであっただろう。

わたしが小学校のころ、親戚のだれかが死んだかなにかで母と一緒に口粟野の田舎へ訪れたことがあった。夏も終わりへ傾き秋が村里へ行きわたっていた。あたりをかこむ里山は幼いわたしからすればおおきかったが、みなどれもまるみをおびていて柔らかかった。

夕方、母はゆったりとした足取りでわたしを散歩へ連れだした。小川を渡ったり、ゆるやかな坂道を登った。そうやってしばらく歩くと中学校の校庭の隅へ出た。背の低い混凝土屏に緑色の金網がささっていた。わたしははじめ気がつかなかった。母はすごいね、すごいね、という。金網の穴を仰ぎぬいて校舎の屋上まで視界にむかえ入れるとそこは一面のアキアカネが夕焼けに輝いていた。

一群が入り組んで飛ぶたびにきらきらとひかっていた。母はわたしのかたわらで黙って見つめていた。わたしは心のうらに母がどこかへ行ってしまうのではないかという不安を懐き、あたりが暗くなることを心配していた。

いま思い出すと母は親戚の集まりからわたしを連れて抜けだしたのにちがいない。わたしはされるがままに母の心象風景のなかへ落としこまれたのだった。母への普遍的な遠さがひとつの光景へ完成されてしまって動かない。こんな光景のなかならば死んでしまうことはないのだと思う。

母の激しい親しさの向こうがわには不安を駆りたてるたそがれの安静がひろがっている。そのなかへ連れ出されるならば、わたしには死ぬことも生きることもありえない。しかし、子供が感じている遠さへのかたい倫理観は容易く崩されはしない。遠さの手前まで近づいては近親相姦の触りに癒されたり傷ついたりして引きかえしてくるからだ。

なにも必然性はないけれど

この夏の十五日。父を連れて茨城へ帰った。墓参りと望郷の念からであった。父の生まれ育った集落や思い出の場所を車でまわった。病気で身体の弱った父の推進力ではまるで少年の記憶へは歯が立たなかった。ほんの少しの距離を六十年を歩き切るような回想力のほかに父を満足させるものはなかったように思う。わたしは背後を歩き、父の話すことを聴いていた。

数年前に訪れたときは土葬したうえに花受けが突き刺さっただけであった墓が立派な墓石を揃え

て立っていた。付き合いをなくしたわたしたちにはだれが建て替えたのか知る由もなかったが、少し残念な感じであった。神社がやった、だれがやったと推論した父も呆気なく感心しているだけであった。

墓場を出たまえの舗装路は田んぼをこしらえるために削られた急な坂になっていた。わたしが車に乗り込むと父は少し歩いたさきで立ち小便をした。排尿は舗装路の塵を吸い込みつつゆっくりと坂をくだっていった。暑い夏の日陰のなかだった。

父の立ち小便にはあらゆる復讐がみえた。生まれた土地からじぶん自身を通り過ぎ、現在まで流れていた。これが復讐でないならば、父は望郷のなかの廃人となってもどっては来れなかっただろうとさえ思った。

その帰り父の親しい友人を訪ねた。ながく顔を合わせていなかったためみな父の容態をかなり悪くかんがえていたらしい。奥さんは泣いて喜んでくれた。わたしは話すことよりその場をながめているほうが好きだからそうしているとそれぞれの色相にくらべて父はかくべつに血色がよくみえた。わたしは少し父の友人たちを心配にならざるを得なかった。父がまれびととなってあらわれたあとでかれらは腑抜けになってしまわないかと思ったからであった。

そのあと家に着いた父は友人へ手紙を書いていた。すごいと思った。

消えていったひとびと

二〇〇〇年をすぎた頃合いに幼少期を小川で過ごしたわたしのあこがれはどこに住んでいるかも

知らない浅黒い肌をした男たちへ向けられていた。年齢は五十か六十くらいで、歯が抜けていたり、指がなかったり、うまく喋れなかったり、した。祖母に連れられて公園へゆくとかならず二、三人集まってきては談笑に華をさかせる。だいたい決まった人物が集まって来たが、知らない顔もよくはっていいた。かれらはまるっきり幼いわたしなど眼中に入れなかった。汚い声調で子供にはわからない下品な話をした。祖母も負けずと下品であったから話はどんどん盛りあがっていったのだろう。

祖母が死ぬとかれらもだんだんと小川から消えていった。幼いわたしであってもあの浅黒い肌の男たちのようにはならないという確証めいたものをもっていたから、あこがれの行き場が途絶えなおさらにさみしかった。

＊

わたしは小川のなかで道路をまたいだ向こう側の団地に住むひとりの男とともに小川の時間を通過して来たといっても過言ではない。

かれはいまでも大きく奇声をあげて小川中を自転車で走り抜けている。家にいるときや外で遊んでいるとき、仕事の帰り道、どこからか奇声が聞こえてくる。その奇声の範囲にわたしがはいっているあいだは小川への直接性が絶たれずに、素直に息をしていられる気がする。感情の起伏から起こりうる行きかうひとびとへの無差別な敵意もゆっくりと落ち着いてゆく。かれがなにを叫んでいるのかなどくたばってもかんがえる必要などない。

わたしはまれに小川のなかで激しい疎外感に見舞われることがある。自意識の過剰が小川へ憑いたように入りずらさや迫害の雰囲気がただよって来る。往来のだれかがわたしを迫害するのではない。小川そのものが遠ざかってゆくである。そう受感するとかならず親しいひとがひとりも居なくなってしまったと思い立つ。小川に友達や知り合いなどひとりたりと居ないがそう思う。

わたしは疎外感のなかを耐えて帰宅する。自転車にまたがっていたり、歩いたりして帰宅する。すると蛍光灯が点滅してつくかどうかのところで、かれの奇声が届いて来る。

(ああ、小川にはもうかれしか居なくなってしまったのか)

そう思えば嬉しくなる。嬉しくなるのだ。

植松聖の到達点

『わたしという異邦へ』に植松さんの詩を書いた。あまり他人へ詩を書かないがこのひとなら書いてもいいという確証がどこかにあったので書いた。わたしは植松さんを肯定した。いま思いかえしても植松さんはすごいところまで行ったんだなと思うことがある。

わたしたちには障害者や殺戮へ直接はいるような契機はほとんどあたえられていない。それらのだいたいが不意にやって来るほかない。事故で脚がおかしくなったり、どこからか自動車が不意に追突して来たりして直接性をもつようになる。契機の偶然性は植松さんにもおなじであったと思うが、かれはじぶんが被るという仕方でなく直接の仕方で障害者や殺戮へかかわることができたはじめてのひとなのかもしれない、という思いがわたしのあたまからはなれない。植松さんはわたしたちの届かないところまで進んでいて、というのは差別や殺人への否定を超えてということだが、その地点の論理性を直に知っているのではないか。

もっと想像すれば、そもそもわたしたちと契機の偶然性がちがっていて、障害者や殺戮へ意志的に直接性をもつことができたひとだったのではなかったか。つまり障害者や殺戮までのすべては植松さんの倫理の拡張だったのではなかったか、と想像すると倫理というものがかかえている内容のすべてを現実に発揮してしまったといえるのではあるまいか、ということだ。

わたしのような詩人にとって植松さんを拒否することは、じぶん自身の倫理性をそうすることとおなじになる。現在においてかれを裁くものがただ倫理の一断片がかたまってできた化石に過ぎないのにもかかわらず、だれもが死までを強制するのである。

肯定の意味合い

植松聖さんが事件を起こした年齢をわたしはようやく越えた。それ以前にかれの死が約定されてしまっていることへ時間的な乖離をかんじる理由は彼の死への歩みとわたしの生活の歩みとが進むべき方向としてそぐわないためだと思われる。植松さんの歩みをかれの生活の実質のなかで組み立てることは〈自傷〉という点で容易いのかもしれないが、約定後のかれの鎖された生活の実質からはわたしたちはなにも確かなものはないといっていい。

約定は個体の生の確保と死刑とを抱え込んだ国家によってなされた。国家による約定への絶対的な抵抗とわたしたち大衆の内部にある死刑への希求とを差し出したあとで残る倫理でかれへの想像は書かれねばならない。しかし、生々しい死と隣り合わせの倫理にだれも耐えることなどできないことはいうまでもないことである。恒久安定に入ったようなまぼろしの市民生活であればなおさらのことだ。わたしたち生活者の恒久の安定をわたしは願い、生々しい死と隣り合わせの倫理を想像する、この絶対的な矛盾を植松さんは突き詰めていったのであった。誤解を恐れずに書けば、オウム以降人類史的な課題へ膨れあがった無為のひとびとの〈殺戮〉のもんだいを独りで引き受けたといってもちがわないのだ。

植松さんとわたしの歩みの時間的な乖離を埋めあわせることなどできはしないし、またする必要もない。この埋めあわせを死刑や安い被害意識の倫理で済まそうとした結果に現在があることへわたしは薄ら寒さを感じて来た。この薄ら寒さがわたしの個的なパラノイアを飛び超えて感じられているのであれば、結末には全人類的な〈殺戮〉だけが約定されていて、わたしは絶えず断片に映る〈だれも赦しはしない〉という原則を生活へ読解して生きていることになっている。わたしには奇遇にも詩があったために〈だれも赦しはしない〉ことを生活からはじめ人類の約定へ直通させることを生活上でも精神の上でも実現しなかっただけだ。植松さんの事件以前へ想像を膨らませるとかれは原則の生活への読解をやり尽くしてしまったのではないか、と思う。要するに日常生活を終えたとしても死へは辿り着かなかった。そうなればかれはもう生活を超えてしまうほかない。もっとも曖昧な〈だれも赦しはしない〉という原則が人類的約定の〈殺戮〉へ及んだ直通路を進み出したとき、かれは歴史的な倫理な課題を一手に引き受けたのであった。

最後に誤解のために前提のことを書いておきたい。わたしが植松聖を〈肯定〉している意味合いはじぶん自身からであって、他者の思想からではない。〈人はだれへも影響をあたえることができず、また影響をあたえられることもない〉ということが〈だれも赦しはしない〉という原則の一つの読解の成果として提出され得る場合、詩の自己がわたし自身にあることを信じてかまわないことを証明している。じぶんを成り立たせるための他者の必要から〈肯定〉を受け入れることへさえわたしは前提として反対しているのである。これは人類が群れではなくただ独りではじめられたという妄想を根にしている。だから植松さんやその事件をはじめから他者論へ丸投げすることはできなかった。

だからといってわたしの倫理のなかで肥大してゆく植松さんの到達点がオウム以降の世界史的な決着を成し遂げたとはおもわないし、また生々しい死と隣り合わせの倫理が生活へ帰還できるまでに思想化されているともかんがえていない。到達点はただ植松さんとして生々しく残っているだけであり、それが無理やり閉じられる約定の時期を待つだけである位置にわたしたちが置かれているのである。

敗戦について

わたしには敗戦のイメージを決定づけた磯原町の村人たちの共同幻想がなつかしく感じられる。まったく敗戦からかけ離れた世代と呼んでいいなかへ属するわたしにとってはこの〈なつかしさ〉を維持することは、民俗的な系列で赦されるだけであるように思われる。あるいはこの民俗的な系列の〈なつかしさ〉から外れるばあい、たちまち思想的な転落を予定されているといってもいい。この転落は平和主義者へも軍国主義者へも市民主義者へもいくらでも落下してゆく。また失われたも同然の民俗的な系列を実際に掘り起こすこともあまり意味をもたない。事実はこの〈なつかしさ〉へなにも寄与しない。わたしには〈なつかしさ〉の未知な空想的なちからが民俗的な系列で赦されているだけだ。

海岸を離れ磯原跨線橋から北茨城大子線へわたり里山のほうへはいった上原という集落はいまでもひっそりと田んぼのうえに暮らしている。敗戦後も磯原町周辺は漁港も栄え、昭和四十六年の全閉山までは炭鉱産業で発展していたと思われる。上原は下界に磯原市街を見渡し、裏山に炭鉱を背負ったが、中継地になったというわけでもなく、集落の独立の地理をもっていたようであった。そのため磯原駅の発展は村人の行き来によってゆるやかに伝えられるとともに炭鉱業で渡来して来る部外者は裏山を隔てた場所に暮らしたため居住地を共有しなかった。村落共同体はかなり安定して維持されたとかんがえられる。わたしの〈なつかしさ〉に混じりけがない理由のひとつであろう。

磯原町の敗戦がどのように迎えられたのかは知らない。しかし村人たちの次のような体験が父伝えに記憶されている。

ある雨の降る夜。兵士が隊列をくんで歩いてゆく音を聞いた。

次の日の朝。晴れ。様子をうかがいに表へ出た。水たまりには足跡一つ残っていなかった。

慌てて近所のひとのところへゆき、昨日の足並みの音のはなしをした。するとみなおなじ音を聞いたという。磯原町上原の村落共同体による共同幻想が〈敗戦〉として表出したもっとも大きなイメージであると思う。もし季節労働者や都市民が上原へ開墾して移入され国策的な雰囲気に浸っていればこういうイメージは表出されないとかんがえられる。ここには上原の軍国的な姿があったであろうし、〈敗戦〉のイメージもそのなかからうまれて来たのにちがいない。ぎりぎりのところまで推察すれば、男手を引き抜かれ、老体や病体といくつかの女子供で生きながらえている上原の軍国的な村落がかかえる疲労が吐き出した〈敗戦〉であった。だがしかし、この〈敗戦〉の共同幻想を家族の離別以外でじぶんへ手繰った者はいなかったであろうし、玉音の知らせを受けつけるまでは敗戦は現実のものとならなかったであろう。

わたしはこうした〈なつかしさ〉へ愛着や抵抗でもって民俗的な系列の依存を密かに続けてゆくことを厭わない。炭鉱閉山後、あたりには中小の企業体が点在し団地が敷かれ工業都市化がはかられたが、人口流出により磯原市街は寂れ、炭鉱もその部落も廃墟となって残った。上原も過疎の時間のながれとともに息を小さくしている。集落に点在する家族がひとつひとつ消滅してゆけばいずれは廃村となる。時間の流れに身をまかせおだやかに廃滅してゆく場所へ〈なつかしさ〉は身勝手にふるまっている。誇張のない生活の歴史的な廃滅に従って、わたしは少しのかなしみから〈敗戦〉のイメージの終息を見届けなくてはならないのである。

北村岳人　きたむらがくと
一九九七年、東京生まれ。
詩集に『逆立』（二〇二〇年、港の人）、『わたしという異邦へ』（二〇二一年、幻戯書房）がある。

詩集　生活を傷つける

二〇二五年三月一〇日　第一刷発行

著　者　北村岳人

発行者　田尻　勉

発行所　幻戯書房
郵便番号一〇一‐〇〇五二
東京都千代田区神田小川町三‐十二
電　話　〇三‐五二八三‐三九三四
FAX　〇三‐五二八三‐三九三五
URL　http://www.genki-shobou.co.jp/

印刷・製本　中央精版印刷

ISBN978-4-86488-317-7　C0092

北村岳人　第二詩集

わたしという異邦へ

若き俊英が挑む〈詩人〉の孤独

ISBN978-4-86488-229-3
定価（本体3,000円+税）